Bruna Boechat Barbosa

O mundo FREMPE

E O CASO DA ALMA PERDIDA

TALENTOS DA LITERATURA BRASILEIRA

novo século®

SÃO PAULO, 2018

O mundo fremde e o caso da alma perdida
Copyright © 2018 by Bruna Boechat Barbosa
Copyright © 2018 by Novo Século Editora Ltda.

PREPARAÇÃO: Fernanda Guerriero Antunes
REVISÃO: Tássia Carvalho
ILUSTRAÇÃO DE CAPA: Alexandre Santos
ARTE-FINAL DE CAPA: Rebeca Lacerda
DIAGRAMAÇÃO: Talita Wakasugui

EDITORIAL
João Paulo Putini • Nair Ferraz • Rebeca Lacerda
Renata de Mello do Vale • Vitor Donofrio

AQUISIÇÕES
Cleber Vasconcelos

Texto de acordo com as normas do Novo Acordo Ortográfico da Língua Portuguesa (1990), em vigor desde 1º de janeiro de 2009.

DADOS INTERNACIONAIS DE CATALOGAÇÃO NA PUBLICAÇÃO (CIP)

Barbosa, Bruna Boechat
O mundo fremde e o caso da alma perdida
Bruna Boechat Barbosa.
Barueri, SP: Novo Século Editora, 2018.

(Coleção Talentos da Literatura Brasileira)

1. Ficção brasileira I. Título

18-0235   CDD 869.3

Índice para catálogo sistemático:
1. Ficção : Literatura brasileira 869.3

NOVO SÉCULO EDITORA LTDA.
Alameda Araguaia, 2190 — Bloco A — 11º andar — Conjunto 1111
CEP 06455-000 — Alphaville Industrial, Barueri — SP — Brasil
Tel.: (11) 3699-7107 | Fax: (11) 3699-7323
www.gruponovoseculo.com.br | atendimento@novoseculo.com.br

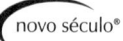

Dedico o meu livro a todos que acreditam na magia.

CAPÍTULO 1

Eram 6h30 da matina e Flora acabara de acordar. Assim que se levantou, foi ao banheiro para passar cremes protetores em sua pele clara e ajeitar os cabelos castanhos desgrenhados. Estava pronta.

A garota correu para a sala e se sentou em uma das cadeiras de carvalho escuro que se encontravam ao alcance da mesa. Quando pegou seu livro para ler, a campainha tocou.

— Olá, tem correspondência para a senhora Lidiane Bezzi Yoni Aguier!

— Ah, sim. Olá, carteiro. Eu dou para ela.

— Tenha um bom dia!

Flora fechou a porta e pensou alto:

— Carta para Lidiane Bezzi Yoni Aguier... — Soltou um suspiro de satisfação. — Como ela não mora mais aqui, a herdeira do trono sou eu!

Lidiane era mãe de Flora e se separara do marido três dias após o nascimento da garota. Uma semana depois, fora morar em Paris, deixando a criança com o pai.

Era uma carta, a qual Flora abriu e leu:

Prezada Sra. Lidiane,

Gostaríamos de informar que sua filha Flora Bezzi Yoni Mattos está classificada para o Colégio Sucesso. A classificada deverá estar ciente das seguintes regras internas:

Não se pode pintar ou decorar o uniforme de qualquer maneira.

Não podem ser atendidos telefonemas durante as aulas e os intervalos.

Todos os alunos, para entrar no quinto ano, precisam ter ao menos 11 anos e no máximo 14.

Há muito mais regras (essas são as básicas), as quais a senhora poderá conferir em uma visita à nossa escola.

Atenciosamente,
Colégio Sucesso.

Flora sabia que sua mãe nunca a mandaria para o Colégio Sucesso, pois já havia relatos sobre o constante uso de cigarro nesse lugar. No entanto, a garota ponderou: já estava com 11 anos e não gostava de celular nem de decorar; então decidiu que iria no dia seguinte confirmar seu interesse na nova escola.

Flora pegou-se pensando hesitante: *Bom, com certeza vou fazer boas amizades lá, mas acho melhor ir acompanhada.* Lembrou-se de Margarida Pinheiro Tins. Margarida, sua amiga desde os 4 anos, uma garota de cabelos loiros enrolados que batiam mais ou menos no cotovelo. Seus olhos eram azul-esverdeados, mais para azulados. Flora foi até a sala e, do telefone fixo, ligou para Margarida:

— Oi, Margarida, aqui quem fala é a Flora.

— Ah! Oi, Flora. Tudo bem?

— Eu liguei para avisar que vou sair do Brasil Escola, nosso colégio, para estudar no Sucesso. Vem comigo?

— Onde fica?

— Em Laranjeiras, na rua Alice.

— É perto. Vou perguntar para minha mãe e depois te ligo. Tchau.

— Tchau.

Terminada a ligação, Flora resolveu ler a carta mais uma vez, quando notou uma informação que não percebera antes:

R$ 520,00 mensais ou sorteio.

A garota, então, se desesperou: *Onde conseguirei tanto dinheiro assim?! Ainda mais mensalmente!*

Ela correu ao seu quarto e separou alguns brinquedos com os quais não brincava mais, colando em cada um deles uma etiqueta com um valor estipulado: numa boneca que dizia "mamãe", R$ 15,00; num coelho de pelúcia, R$ 7,00; num jogo de pega-varetas, R$ 3,00; num jogo de dominó, R$ 5,00; e, por fim, em cinco estalinhos, R$ 0,50. Flora suspirou dizendo para si mesma:

— O meu bazar vai ser o maior sucesso!

Em seguida, guardou as coisas num saco plástico, além de uma placa com os dizeres "O Bazar de Flora", e saiu.

No elevador, ela apertou o botão P, que levava ao *playground*, mas, no meio do caminho (mais precisamente no primeiro andar), reparou que, mesmo que vendesse tudo, não conseguiria 520 reais. Rapidamente, portanto, apanhou o celular do bolso, no qual havia alguns pequenos furos nas laterais, e telefonou para Eduarda, colega nascida em abril, apenas dois meses mais velha que ela. Eduarda tinha a pele bronzeada, os cabelos pretos e os olhos verdes. Ela era bem chata, mas disso Flora não sabia. As duas haviam crescido juntas e se conhecido nos primeiros anos de vida, e deixado de se conhecer nesse tempo também. O pai de Flora e o pai de Eduarda, Ronaldo, moravam no mesmo prédio e eram bem próximos, por isso Flora achou que seria uma boa reconhecê-la. Mas, cá entre nós, ela apenas precisava de uma ajuda com as vendas.

— Alô, é a Eduarda? — perguntou Flora do outro lado da linha.

— Sim, quem fala?

— Flora, sua amiga de infância. Nos conhecemos quando tínhamos 1 aninho.

— Tá... — Eduarda demonstrou estranhar a situação. — E o que você quer comigo?

Flora previu que aquilo não ia dar em nada, por isso decidiu ser mais direta:

— Você gostaria de ser sócia de um bazar?

Eduarda desligou o telefone sem se despedir de Flora, que logo desistiu da ajuda da menina. *Realmente seria mais fácil ter algum ajudante, mas a vida não é um mar de rosas*, ela pensou.

E logo se lembrou do ditado: *"Devagar e sempre"*. Resolveu, então, vender as coisas de pouquinho em pouquinho.

No *playground*, armou o bazar e organizou os brinquedos numa mesa, endireitando a placa "O Bazar de Flora" ao lado do móvel. Nos primeiros minutos, chegou a imaginar que se tornaria milionária, mas, com o passar do tempo, sentou-se no chão frio e observou o espaço deserto, sem a mínima esperança.

Mais ou menos uma hora depois, desistiu e se levantou, pronta para pegar suas coisas e ir embora, quando Eduarda chegou.

— Como sabia que meu sonho era ser sócia de um bazar? — Eduarda perguntou.

O coração de Flora se encheu de esperanças e uma lágrima quase caiu de seu olho.

— Gerente Eduarda, começaremos amanhã.

E as duas se despediram gentilmente.

No dia seguinte, assim que acordou, Flora refletiu sobre sua escolha: *Oh, meu Deus, onde eu estava com a cabeça?! Ninguém vai querer os brinquedos... Neste prédio só há duas crianças, eu e Eduarda. E, mesmo que aqui fosse infestado de menores, nunca conseguiria o dinheiro de minha meta. É melhor desistir.*

Apesar de ter se decidido sobre o destino do bazar, não comentou nada com Eduarda. Como ela se sentiria ao ser demitida no primeiro dia de trabalho? Muito mal. Flora resolveu poupar os sentimentos da menina, mas, em seguida, disse em voz alta:

— Sou uma boba! Como vou poupar os sentimentos de Eduarda se aquela maldita ansiedade ainda bate forte em seu peito? Não posso nem vê-la hoje, senão o papo se põe em dia. — Flora ficou em silêncio por alguns minutos, até que uma ideia surgiu em sua cuca: — Já sei! Vou fazer coisas do meu cotidiano hoje, mas sem Eduarda por perto. Se ela ousar me ligar, serão ligações de meio segundo, pois vou desligar. E isso até ela esquecer o bazar!

Assim, ela resolveu esquecer Eduarda e apenas cumprir sua missão: juntar dinheiro para poder se matricular no Colégio Sucesso.

Flora correu para a sala, sentando-se em uma cadeira antiga, feita de carvalho escuro. Na mesa em frente a ela, havia um bloco de notas, uma caneta de tinta azul-escuro, um vaso de margaridas e um telefone fixo bem antigo, o qual ela agarrou e discou:

— Bom dia, Margarida, amiga querida.

— Que bom humor hoje, Flora! Eu que lhe pergunto, o que a deixou tão contente?

— Queria convidá-la para visitar comigo...

Margarida a interrompeu:

— O Colégio Sucesso? Claro! Minha mãe vai me matricular. Que tal às 15 horas?

— Ãhn — Flora murmurou.

— Então está bom! — Margarida considerou o murmúrio como um sim. — Até as três!

Pela primeira vez, Margarida desligou o telefone antes de Flora.

— Que droga! — Flora se irritou. — Por que fui contar pra Margarida sobre o Colégio Sucesso?! Por que eu não escondi?! Por que sou tão asna?!

Julieta, sua babá, chegou correndo à sala, pois acreditava que a filha do patrão estava precisando de primeiros socorros:

— Menina, que susto você me deu! — exclamou Julieta, observando atentamente a face emburrada de Flora. — Humm... Surtou de raiva? Vou preparar um chazinho quente para você.

— Obrigada — agradeceu Flora, com o tom de voz alterado.

Quando a garota finalmente se acalmou, já eram 14h50. Não havia mais tempo para desculpas esfarrapadas. Era ir ao Sucesso ou ir ao Sucesso. Ao olhar pela janela, avistou o carro da mãe de Margarida, Dona Cintia, estacionado no quintal. Esqueceu-se completamente do chá de Julieta e partiu.

Flora entrou no carro da amiga com um rosto ilustrado de uma falsa satisfação.

— Boa tarde, Flora! — cumprimentou Dona Cintia.

— Boa tarde, tia Cintia!

No Brasil Escola, sempre houve boatos de que a família Tins era bem-educada, mas nunca que se formara num curso de boas maneiras. Pelo menos era o que parecia. *Como nunca percebi tamanha educação em tantos anos?*, Flora se perguntou. Talvez porque não conhecia direito a mãe de Margarida, e por a educação de sua melhor amiga não chegar ao nível dos bons modos da mãe.

— Estou determinada a estudar no Sucesso, não tenha dúvida, mas agora bateu uma saudade do Brasil... — Margarida comentou.

— Por quê? — perguntou Flora.

— Ah, sei lá, vou sentir falta de várias coisas.

Apesar de grandes amigas, Flora e Margarida se diferiam muito, tanto na aparência quanto no comportamento. Margarida socializava e criava amizades em segundos, enquanto os melhores amigos de Flora sempre foram seus livros e a biblioteca, sua casa de consideração.

Após um tempo de conversas e jogos de carro, Cintia finalmente exclamou:

— Chegamos!

CAPÍTULO 2

Flora olhou pela janela do carro. Sucesso era um colégio bonito, cujo prédio era pintado formalmente de branco e azul; no último andar, escrito em letras de fôrma prateadas, podia-se ler "Colégio Sucesso". Não havia como negar, ele era bem cuidado e espaçoso. Se uma criança corresse por todo aquele espaço, seria possível realizar uma meia maratona sem saber.

Cintia abriu a porta traseira do carro. Flora saiu, seguida por Margarida, que a acompanhou na trajetória até a entrada da escola. Os portões eram grandes, de mais ou menos cinco metros de altura, e pintados de um tom de azul-escuro bem forte. *A única parte feia do colégio*, pensou Flora. E eram bem trancados, realmente a sete chaves.

— Como vamos fazer para entrar?! — Margarida se desesperou.

— Calma, filha, tem uma campainha lá. — Cintia apontou.

A campainha estava localizada no alto, tão alto — a dois metros e meio do chão — que nem Cintia conseguiu alcançá-la, mesmo medindo um metro e oitenta e cinco.

— É muito alta — disse Flora, enquanto olhava para cima, em direção à campainha.

A garota inclinou a cabeça para a frente e espiou por um buraquinho pequeno que havia no meio dos portões. Após um minuto espiando, pôde ver se aproximar um rapaz ruivo, um segurança, que veio em direção aos portões e os destrancou.

— Sejam bem-vindas ao Sucesso! — ele cumprimentou.

Flora, Margarida e Dona Cintia ignoraram o cumprimento e partiram para o interior do espaço educacional.

O colégio era tão bonito por dentro quanto por fora. Banquinhos estavam organizados pelo jardim, o qual continha árvores e arbustos bem aparados, alguns no formato de pôneis. Flora quis tirar foto com um dos "pôneis", mas, como havia aula naquele dia, se não fossem rápidas na visita, pensariam que ela e Margarida eram alunas.

Depois de desfrutarem do belíssimo jardim, as três subiram longas escadas de, no mínimo, 350 degraus. Após ao menos uma hora de subida, encontraram uma velha porta de carvalho escuro. A maçaneta se destacava, tendo como cor um dourado cintilante. Dona Cintia bateu à porta:

— Pode entrar — ecoou uma voz masculina do interior da sala.

Um homem idoso, com os cabelos grisalhos, estava sentado em uma poltrona macia. Seus olhos azul-claros seguiam as meninas.

— Bom dia — ele as cumprimentou. — Eu me chamo Talos, Daniel Talos. Sou o diretor da escola.

— Eu sou Cintia Tins. — Ela apertou a mão dele. — Estou querendo matricular minha filha Margarida aqui.

Por um motivo que Flora não conseguia deduzir, todos da família de Margarida se orgulhavam mais do sobrenome Tins.

— O nosso método é muito mais fácil do que o dos outros colégios! Basta você assinar este papel, de acordo com todos os quesitos. — Daniel ergueu uma folha de papel que estava sobre a mesa.

Claramente, nesse papel há mais regras do que na carta que recebi pelo correio, Flora pensou.

— Mostre-me também a sua identidade, por favor — o diretor pediu. Foi então que ele observou Flora. — E esta menina? — Quis saber.

— Não tenho um responsável fixo... — Flora sussurrou aos pés dos ouvidos de Dona Cintia. — Cada hora é uma babá nova.

— Eu me responsabilizo por ela também — a moça decidiu.

Os olhos azulados de Margarida tornaram-se esverdeados, sinal de que a garota estava muito feliz. Os de Daniel, por sua vez, ligeiramente se arregalaram. Tentando omitir o espanto e se esforçando para se acalmar, ele disse:

— Tudo bem. A senhora pode se responsabilizar pelas duas, contanto que eu possa ver a carteira de identidade de Flora.

— Você guarda consigo sua carteira? — Dona Cintia perguntou a Flora.

— No meu bolso. Minha carteira fica bem protegida nele! — exclamou com bom humor.

Após meia hora, o que para Flora e Margarida pareceu uma eternidade, finalmente o diretor parou de checar arquivos.

— As meninas foram aceitas. O primeiro dia de aula é daqui a duas semanas, não esqueçam a lista de materiais.

Enquanto Dona Cintia resolvia com o diretor assuntos que aparentavam ser importantes, Margarida e Flora saíram da sala. Flora estava incrédula.

— Não acredito! Como é que eu...? — Flora foi jogando todo o seu entusiasmo nos ouvidos de Margarida, que aparentava não estar com paciência, pois seus olhos tornaram a ficar azulados.

— Flora, vá pôr suas vestes. Precisamos experimentá-las — Margarida disse em tom de voz amargurado.

— Tá, ok... Mas onde fica o vestiário?

— Deve ser alguns degraus acima.

As garotas subiram o que para elas pareceram ser 500 degraus. No meio do caminho, encontram um aluno e estranharam o fato de ele estar ali, e não na sala de aula, mas perceberam que o garoto não usava vestes da escola.

— O que estão fazendo aqui? Era para vocês estarem na aula! — ele questionou aborrecido.

— Eu que lhe pergunto, o que está fazendo aqui? — retrucou Flora.

— Conseguiram me adiantar para o quinto ano, felizmente! — Ele suspirou. — Porém, tem uns negócios a resolver, então eu preciso esperar aqui. Respondi à questão, agora responda à minha.

— Viemos nos matricular no quinto ano. Eu me chamo Flora e essa é a Margarida.

— Prazer, meu nome é Carlos Pinga.

— Peraí, mas não é possível adiantar-se.

— Se você tem a mim de exemplo, é porque é possível sim.

— No Brasil Escola, nosso antigo colégio, não podíamos — Flora afirmou.

— É, só que o Colégio Sucesso é um tanto, digamos... — Carlos pensou calmamente e continuou — ... um pouco peculiar comparado aos outros.

— Entendi — falou Margarida.

— Gostariam de conhecer melhor esta residência? — ele indagou.

As garotas aceitaram. Após um tempo examinando a grande residência, quando estavam entre o nono e o décimo andar, Carlos Pinga apontou para uma minitelevisão, que mostrava uma mulher gorda com os cabelos ondulados e louros falando ao microfone.

— Aquela é a minha mãe! — Flora berrou, tão lívida que chegou a ficar pálida, mas felizmente ninguém mais a ouviu.

Pinga arregalou os olhos, lívido também, e retrucou praticamente paralisado:

— Mentira! Lidiane Bezzi Yoni Aguier nunca teve uma filha! Apesar de serem parecidas, não passa de uma coincidência!

— Então você quer dizer que Flora Bezzi Yoni Mattos, eu, nunca teve uma mãe?! — Ela se enraiveceu, mostrando sua identidade.

Os dois já estavam vermelhos de ódio. Margarida se espantou e pensou em separá-los, mas decidiu não se meter em confusão e ficou quieta, sentando-se com a cara amedrontada. Seus olhos passaram de azul-oceano para azul-bebê.

Poucos minutos depois, um grito surgiu da sala do diretor:

— Essa é a filha de Lidiane Bezzi Yoni Aguier!

Ao ouvir essas palavras, Carlos Pinga desmaiou.

CAPÍTULO 3

Carlos acordou na sala secreta de Daniel, onde também viu Margarida e Flora. As duas não tinham ideia do motivo de estarem lá, mas preferiram se calar. Um longo silêncio foi quebrado pelo diretor Daniel:

— Lidiane Bezzi Yoni Aguier foi uma grande mulher, a primeira pessoa a descobrir o vilarejo escondido das C.M.

— O que significa C.M.? — questionou Flora.

— C.M. nada mais é do que uma sigla para Criaturas Mágicas. Na noite em que as descobriu, 25 de agosto de 2006, as C.M. ameaçaram matá-la, mas ela declarou paz. Mostrou para todos que não precisavam se odiar só porque eram diferentes, e se juntou às C.M. Com as próprias mãos e com a ajuda de arquitetos, construiu um bairro só para aqueles que aceitariam viver uns com os outros, batizado de "Suco de Laranja e Limão". De 2006 a 2015, foi o bairro mais populoso do estado. Lidiane ficou tão, mas tão próxima das C.M. que resolveu virar uma delas. Criou uma poção, tomou e... — o diretor baixou o tom de voz — ... faleceu.

Flora sentia tristeza e surpresa. Tristeza pela biografia de sua mãe, e surpresa por descobrir que seu recém-conhecido sabia mais sobre seu parentesco do que ela própria.

— Após sua morte — Daniel retomou seu discurso —, as C.M. e os comuns tornaram a se odiar. — Ele finalmente se viu entusiasmado. — Mas, agora que finalmente descobrimos sua herdeira, temos uma nova chance! Temos uma nova Lidiane! — Lacrimejou.

Flora se sentiu constrangida e Carlos, percebendo isso, e como estava seriamente aborrecido com ela, mandou-lhe uma indireta:

— Flora, talvez você possa se matricular no nosso Departamento de Magia.

— Departamento? — questionou a garota, sem entender palavra alguma.

— Departamento foi o nome que usamos para abreviar o nome dos cursos extras, sabe? Gostamos de ser diferentes — Daniel Talos prosseguiu. — Há dez departamentos, como o de Teatro, Karatê, Artes e Magia. Esse último é secreto, só para nossos alunos bruxos. — De repente, ele levou os olhos azuis a Margarida, preocupado, ergueu a mão na testa e disse: — Nem sei por que estou falando isso na frente de uma Tins...

— Senhor Talos, posso saber qual o impedimento de contar essas coisas para um Tins? — Margarida se ofendeu, porém, sem deixar de ser educada.

— O impedimento, minha criança, é que nunca nenhum Tins foi bruxo. E você, obviamente, não será escalada para esse departamento, mas terá de guardar segredo.

— Mas a Flora também não é bruxa! — retrucou Margarida, saindo um pouquinho do eixo da educação.

— Só que ela será. É genético, não tem como contrariar. O herdeiro de toda pessoa comum que se aproximou das C.M. será bruxo, mesmo que isso aconteça aos 50 anos — afirmou Carlos, fazendo-se de sabe-tudo.

— E qual a diferença de C.M. para bruxos, sabidão? — Margarida se estressou.

— A diferença é que as C.M. são criaturas, desde um autêntico vampiro até uma minhoca falante. Já os bruxos são como pessoas comuns, porém possuem dons mágicos. Você já deveria saber disso — respondeu Pinga.

— E nunca nenhum Tins foi aproximado de C.M. ou bruxo. O sobrenome Tins representa uma das famílias mais comuns do mundo — complementou Talos.

Margarida se irritou seriamente com os dois. Percebendo o ódio da amiga e sua vontade de entrar no Departamento de Magia, Flora argumentou:

— Mas Margarida possui um dom peculiar que nenhum outro Tins tem: mudar a cor de seus olhos. Ela troca a cor pelas emoções! Demonstre — induziu Flora, destacando-a.

— Claro — aceitou Margarida, num tom arrogante.

Abruptamente, os olhos da garota, que estavam azuis, tornaram-se verdes, depois castanhos, amarelos, negros, acinzentados, violeta.

— Bravo, bravo! — debochou Carlos, enquanto batia palmas devagar. — Isso apenas é um dom peculiar. Já conheci pessoas com os sangues mais comuns do mundo com especialidades como essa. Ronaldo Silva, da família mais comum do mundo, também fazia isso.

— Ok, Carlos, você venceu. Eu não tenho, em qualquer circunstância, contato com a magia, mas mesmo assim possuo um dom que você não tem! Isso significa que sou superior a você em alguma coisa!

A expressão de deboche no rosto de Carlos foi substituída por uma raiva expressa. Ele até perdoaria Flora, mas jurou a si mesmo que sempre teria nojo de Margarida.

— Vamos logo ao objetivo — Talos falou abruptamente, finalizando o conflito. — Srta. Bezzi, aceita participar do Departamento de Magia? — ele a convidou, direcionando a cabeça à garota.

Flora pensou seriamente, até que aceitou balançando a cabeça afirmativamente.

— Que bom! Sr. Pinga é um dos participantes, então você já terá um amigo ao frequentar esse Departamento. E, a propósito, a Sra. Cintia não pagará mais o colégio para você, que o frequentará de graça. Aproveite, é uma rara exceção — comunicou o diretor.

Os olhos castanhos de Flora brilharam.

— Agora podem se retirar — ele pediu, expulsando-os educadamente de sua secreta sala.

CAPÍTULO 4

Ao sair da sala do diretor Talos, Margarida decidiu consultar a biblioteca, que havia sido reformada, para se acalmar. Enquanto isso, Flora e Carlos subiam mais escadas com o objetivo de encontrar o Departamento de Magia para Flora desfrutar dele.

— Como descobriu que era bruxo? — Flora perguntou.

— Ah, o meu caso é raro. Há três possibilidades de ser bruxo: nascendo numa família de bruxos, tendo descendentes aproximados das C.M. e, no meu caso, o Spat.

— Como funciona esse tipo?

— Você é um comum e, a partir de certo dia, que varia de signo para signo, aos poucos vira um bruxo.

— Os signos também são relacionados com os bruxos?

— Claro! Os signos participam de grande parte da história de bruxos, mágicos e C.M. Por exemplo, a maior parte dos librianos é mágica.

— E o que seriam os mágicos?

— Mágicos são os comuns que têm dons peculiares, como aquela sua amiga chata.

— Mas você disse que aquela especialidade de mudar a cor dos olhos era comum!

— Eu menti. Bom, voltando ao assunto, o método Spat é o mais raro e só é disponível em dois signos: Câncer e Virgem, nos quais ainda assim é raro. Eu sou virginiano.

— E em quantos signos o meu método está disponível? — questionou Flora.

— O seu método, se eu não me engano, é disponível em cinco signos: Áries, Peixes, Aquário, Touro e Capricórnio.

Flora começou a achar que Carlos teria resposta para qualquer assunto sobre o universo da magia, por mais difícil que fosse.

— E quando a família inteira é bruxa?

— Ah, esse é o método menos raro. É disponível em todos os signos.

— Ora, mas, se esse método é tão comum assim, por que existem mais comuns do que fremde[1]?

— Porque — Carlos pigarreou —, vejamos, de 100%, 90% são comuns e 10% são fremde.

— E por qual motivo?

— Não faço ideia.

Flora se impressionou, pois finalmente havia uma questão a que Carlos Pinga não saiba responder. De qualquer maneira, o garoto não deixava de ser inteligente.

Em seguida, com mais uma dúvida na manga, Flora fez sua última pergunta:

— Você acha que já sou bruxa?

— Isso nós descobriremos daqui a vinte minutos, quando estivermos no Departamento de Magia — ele respondeu, também dando sua última resposta.

---

1 Fremde é a palavra que define qualquer objeto ou ser mágico.

E foram feitos vinte minutos de silêncio, até a dupla chegar aos portões do Departamento. Pinga bateu à porta, que se escancarou, por onde apareceu uma mulher com os cabelos negros e a expressão facial bem alegre. Segurando a maçaneta interna, ela os cumprimentou com a voz doce:

— Bom dia, pequena Bezzi, entre! — Ela direcionou o rosto com leveza para Flora. — Você deve ser um amor como a sua mãe! — Em seguida, virou-se para Carlos e mudou a expressão, aparentando ser severa. — Vai logo, Pinga! O que está esperando?

Flora deduziu que Carlos fizesse pirraça, mas, durante a aula, ele provou o contrário. Depois conversaria com o garoto sobre isso.

— Agora nós vamos treinar o feitiço de choque. Balancem suas varinhas desta maneira. — A professora descreveu um círculo imaginário no ar. — E gritem: "Schock"!

Por algum motivo, a professora Lie atirou o feitiço na lata de lixo à esquerda da cadeira de Carlos, com intenção de acertar o menino.

— Agora, para reverter o feitiço, basta mirar a varinha no oponente e gritar: "Gengenuber"!

Em menos de cinco segundos, a lata voltou ao normal.

— E esse é o término da nossa aula. Os alunos antigos devem estar se perguntando: "Mas, professora Lie, as suas aulas duram no mínimo uma hora!". Esta é uma aula experimental, caros. Todo dia, até nas férias, das 18 às 19 horas, terão aulas comigo neste Departamento. Tchau!

Após se despedir, a professora abriu a porta para os alunos saírem.

CAPÍTULO 5

Já na esquina perto do Departamento de Magia, andando ao lado de Flora, Carlos argumentou:

— Essa mulher é uma maluca! — Sua expressão facial era semelhante à da professora Lie quando olhou para ele.

— Por que ela te odeia? — Flora quis saber.

— Essa é uma boa pergunta. Há algumas semanas, eu estava conversando com o diretor e comentei da implicância da Sra. Lie comigo. Logo, ele me disse: "No primeiro dia de Lie no Departamento de Magia, ela comentou que tinha preconceito com Spats. Estou tentando contratar uma nova professora, mas nenhuma aceita e Lie faz questão de continuar. Desculpe, meu rapaz".

— Chocante! Pensava que não existia preconceito no universo fremde.

— Ô se tem! Tem preconceito com os comuns, com Spats, com C.M.

Flora parecia espantada. Outrora, estava imaginando ser Lie a sua educadora favorita, mas resolveu mudar de planos.

Depois de os dois amigos conversarem bastante enquanto caminhavam, finalmente chegaram à biblioteca, ao encontro de Margarida.

— Que demorada essa aula, viu?! — exclamou Margarida emburrada. Seus olhos estavam acinzentados de raiva.

— Pare de mudar a cor dos olhos, é esquisito — Carlos reclamou.

— Você que é esquisito! — retrucou Margarida.
— Chega de briga! — Flora berrou. — Margarida, você encontrou algo novo aqui? — Flora estava muito mais calma do que segundos atrás.
— Claro. Fui à seção de Magia fingindo ser bruxa...
— Você não pode ir à seção de Magia!
Elas ignoraram o grito de Carlos. Margarida não parou de falar:
— ... e peguei um livro, no qual li que aqui, de 1975 até 2000, fora a residência de Lidiane Bezzi Yoni Aguier. Antes de morrer, ela se mudou para os Estados Unidos!
— Claro. Usei esse livro no terceiro ano. A propósito, no dia 25 de agosto haverá uma viagem até a residência em que ela viveu antes de falecer. Será uma viagem de vassoura com a motorista Silvia Verrugas — complementou Carlos.
— Que legal! Irão alunos de qual série? — perguntou Flora, entre entusiasmada e intrigada.
— A escola inteira poderá ir, contanto que sejam alunos bruxos.
— Ah, poxa, mas é só um curso extra... Não tem passeio em cursos extras! — reclamou Margarida.
— Tem, sim. Há passeios em todos os Departamentos, só que de acordo com o conteúdo deles — corrigiu Carlos.
— Acho que vou me matricular no Departamento de Teatro — Margarida pensou alto.
— Isso você vê com o diretor, agora vamos brincar! — sugeriu Flora.
— De quê, exatamente?
— De explorar os segredos fremde da escola.

— Ok, pode até ser, contanto que não desobedeça nenhum regulamento... — Carlos começou a falar, porém foi interrompido por Margarida.

— Espere, pessoal, vou ao banheiro e daqui a pouquinho eu volto.

A loira correu ao banheiro, mas não iria usá-lo. Lá ela viu seu reflexo diante do espelho e lavou as mãos, enquanto resmungava:

— Que saco! Nunca, nunca nos meus sete anos de convivência com a Flora, ela me deixou na mão para ficar discutindo magia com um garoto paspalhão! Ela me trocou pela magia! "Vamos brincar de explorar os segredos fremde da escola"... Eu nem sei o que fremde significa! E quer saber de uma coisa? Eu vou espalhar os segredos do Departamento de Magia para todo o colégio! Aí eu quero ver a cara de tacho daquela traíra e daquele paspalho!

Depois de uns vinte minutos resmungando, surgiu-lhe uma ideia:

— Já sei! Quando chegar em casa, vou bolar um plano contra aqueles bruxos estranhos, e esse plano vai ser usado bem no dia do aniversário da traíra! É isso aí! Mas não posso deixar minha mãe ver... — Margarida pensou alto, como de costume. A garota só não o fazia quando se tratava de segredos confidenciais.

Margarida correu para a sala do diretor, onde sua mãe estava sentada esperando para partir.

— Mãe!

— Oi, Margarida. Avise para a Flora que o primeiro dia de aula é daqui a duas semanas.

— Vamos embora? — Margarida suspirou, perguntando esperançosa.

— Eu a estava esperando para ir embora. Acabei de conversar com Talos. Flora e alguns outros alunos vão dormir aqui nas férias.

Ufa!, a garota pensou aliviada.

Enquanto isso, na biblioteca, Flora e Carlos esperavam por Margarida quando, abruptamente, um envelope apareceu nas mãos da garota. Nele, havia um adesivo de diamante.

— O que acabou de acontecer?! — ela perguntou lívida.

— Você recebeu um envelope que contém moléculas mágicas da série Teleportation. Essas moléculas vêm nos adesivos de diamantes, que, no universo fremde, transportam qualquer objeto para o lugar que a pessoa desejar.

— Fantástico! — Flora se viu maravilhada com o novo mundo.

— Vai logo! Abre o envelope! — Carlos a apressou.

Quando Flora o abriu, pôde ler palavras aleatórias, as quais apareciam uma de cada vez, raramente duas; quando percebiam que tinham sido lidas, corriam com seus pezinhos desenhados até o pé da página. Após ler todo o seu conteúdo, as palavras desapareciam. Para ler outra vez, era preciso lançar o encantamento Ruckkehr, mas disso Flora não sabia.

— E então, o que dizia a carta? — questionou Carlos, com os olhos castanhos brilhando de tanta ansiedade diante do cabelo ruivo.

— Desculpe. — Flora puxou o ar de tão nervosa. — Fiquei tão obcecada com o método encantado de leitura das cartas que acabei não prestando atenção na própria carta.

— Simples, basta lançar o encantamento Ruckkehr.

— Poderia explicar, por favor? — perguntou Flora, entre sarcástica e impaciente.

— O feitiço Ruckkehr — Carlos suspirou — é feito apenas para reler as cartas.

Flora ergueu a varinha em direção ao pergaminho, mas logo abaixou a mão. Em seu rosto surgiu uma expressão pensativa.

— Espere um pouco. Antes da leitura, gostaria de perguntar uma coisa: como estamos na mesma série no Departamento de Magia se você é dez vezes mais sabido do que eu?

— Existem dois tipos de escola para você escolher: colégio interno ou externato. Depende da permissão dos responsáveis. Eu, por exemplo, passo dos finais de semana até as férias aqui. O que isso significa? Mais estudo, mais dedicação. Sou o único aluno que é obrigado, pela Sra. Lie, a acordar às 6 horas para treinar feitiços. E ela ainda tenta me atingir.

— Isso me dá uma ideia! Vou mandar uma carta para a minha casa pedindo permissão para escolher o colégio interno. Até nas férias quero estar aqui, não aguento mais ter de conviver cada semana com uma nova babá. Preciso de pessoas fixas.

— E por que você não pede alguma babá fixa para o seu pai?

— Por que meu pai me deixou com elas e foi morar sozinho.

— Está bem. Manda essa carta logo que eu quero ler a que te enviarem!
— Ok.

Flora ergueu um pergaminho um pouco amarelado e nele escreveu:

Prezada babá da semana,

Gostaria da sua permissão para participar do internato. Seria preferível a sua permissão para passar dos finais de semana até o recesso aqui. Para permitir, assine este espaço e mande uma nova carta, no mínimo, escrevendo "sim" ou "ok". Obrigada pela atenção.

Atenciosamente,
Flora Bezzi Yoni Mattos.

A menina, então, ergueu um dos adesivos e se viu pronta para colá-lo na carta, que agora estava guardada em um envelope branco preso com um lacre azul. Em uma fração de segundo, porém, Carlos Pinga a impediu:

— Pare!!! — Segurou a mão de Flora e continuou: — Não podemos mandar cartas do nosso jeito para comuns! Não podemos fazer nada do nosso jeito para comuns!

— Mas eles já não nos conhecem? — Flora estava confusa, ignorando o berro de Carlos, pois já sabia que o amigo era escandaloso.

Pinga soltou mais um suspiro, dessa vez longo e inaudível, mas pelos movimentos bruscos de seus lábios ressecados a garota pôde perceber que estava inspirando.

   — Claro que os comuns nos conhecem e sabem da nossa cultura. Isso é óbvio. Só estamos omitindo nossa existência e mentindo sobre nossa extinção para eles porque... — pigarreou e endireitou a coluna, como fazia toda vez que queria se mostrar inteligente ou importante — ... porque, após a morte da digna Lidiane Bezzi Yoni Aguier, os comuns afligiram-se com a causa e resolveram descontar em nós, bruxos, inocentes. Muitos de nós morreram na forca, foram decapitados ou sofreram tortura antes de deixar o mundo. Foi a escravidão dos bruxos, que durou de 2015, ano em que Lidiane falecera, até 2016. No último ano da escravidão, o genial bruxo Marcelo Ladier deu para os que restaram de nós a ideia de omitir nossa existência para os comuns. Assim, os tolos caíram na armação e nós nos livramos dos maus-tratos. Nos dormitórios para bruxos, há o retrato de Ladier, assim como de vários outros bruxos importantes. Se quiser que eu conte...

   — Eu não quero — interrompeu Flora.

   Carlos cruzou os braços e soltou uma expressão entre triste e raivosa. Não estava acostumado a ser interrompido no meio de seus "geniais discursos". Após suspirar mais uma vez, agora audível e em tom amargurado, ele falou:

   — Olha, só não mande coisas para comuns que confirmem nossa existência. Dê isso para o coitado do carteiro comum e leia logo a maldita carta que lhe mandaram! — exclamou.

— Vou ler a carta primeiro. Ruckkehr!

E, assim, a carta mágica funcionou novamente. Nela estava escrito:

> Prezada Flora Bezzi Yoni Mattos,
>
> Como aluna bruxa do Colégio Sucesso (só os alunos bruxos têm direito ao internato, por falta de lugares), você tem a opção de passar o ano inteiro aqui. Por favor, mande uma carta do jeito dos comuns para seu (sua) responsável, pedindo permissão para estudar em internato ou não. Por favor, não conte detalhes.
>
> Atenciosamente,
> Seu diretor.

E as palavras andantes desaparecem outra vez.

— O que ele quis dizer com "não conte detalhes"? — perguntou Flora, com a expressão facial pensativa tanto quanto seu tom de voz.

— Exatamente o que tentei lhe explicar. Não conte para sua babá desta semana que você é uma bruxa, senão ela vai fofocar para todas as próximas babás semanais, e assim se refaz a escravidão de bruxos.

— Como se faz para escrever do nosso jeito?

— Usando sangue de dragão como tinta para a sua pena — Carlos Pinga respondeu imediatamente.

— Ufa! Por um minuto pensei estar provando a existência dos bruxos para qualquer um.

Flora e Carlos seguiram rumo à caixa postal, onde deixaram a carta. Depois, voltaram à biblioteca, seção de Magia. Lá, o garoto se aconchegou num pufe verde, e Flora, num amarelo. Pinga finalmente perguntou algo ao invés de responder:

— E o que aconteceu com a sua amiga, aquela loira que parece que foi trancada no banheiro?

— Não tenho ideia. Margarida normalmente passa menos de cinco minutos no banheiro. Talvez esteja se sentindo mal... — Flora roía as unhas, com um olhar muito preocupado.

Um megafone que estava no teto, praticamente em cima de Flora, gritou:

— Atenção, Srta. Bezzi, comparecer ao balcão de encomendas. Há uma carta endereçada à Srta.

— O que seria o balcão de encomendas?

— Balcão de encomendas é uma mesa onde se encontram encomendas ou cartas direcionadas aos alunos.

Depois de respondida a questão, os dois saíram da biblioteca, cruzaram vários corredores e esbarraram em uma boa quantidade de alunos comuns em recuperação, até finalmente chegarem ao balcão de encomendas, que era definitivamente o local mais distante da biblioteca.

Flora se debruçou sobre a mesa e pôde ver que a vigia do balcão era uma mulher idosa, com cabelos pretos, mas com alguns fios brancos atrás das orelhas. Seus olhos eram acinzentados. Sua expressão facial Flora declarou ser a mais séria que já vira. Seu nome era Sra. Esquelel e ela fora apelidada, quando criança, de Srta. Esquelética por ter menos massa corpórea que os outros na época.

— Bom dia. O que desejam? — indagou a Sra. Esquelel, com um tom de voz amargurado, sendo gentil por obrigação do diretor.

— Eu sou a Srta. Bezzi. Gostaria de receber minha encomenda.

— Srta. Bezzi?! — exclamou a mulher, incrédula. — Você é a filha daquela cretina da Lidiane! Foi sua mãe quem quis arrumar historinha com a gente, e nós, patetas, caímos! Sua mãe arrumou conversa com nós, os bruxos, só para que quando falecesse acontecesse uma balbúrdia: a nossa escravidão!

Carlos e Flora não acreditaram no que ouviram. Pinga teve vontade de agarrar algum livro de feitiços e jogá-lo na cabeça da Sra. Esquelel, mas sabia que seria errado. Flora nem ao menos sabia que a Sra. Esquelel não era comum, então ficou sem palavras.

— Ai, meu Deus, o que estou fazendo? Se o diretor me vir neste momento, serei demitida! — a mulher lamentou para si mesma. — Aqui está sua encomenda, bruxa de panela. — Entregou a carta para a menina, enquanto dava dois tapinhas sarcásticos em sua cabeça.

Flora e Carlos andaram na direção oposta ao balcão, até não serem mais vistos pela malvada. Correram em direção à biblioteca, onde o garoto esbravejou:

— Mas isso é um absurdo! Como é que pode?! Vamos avisar ao diretor e...

— Deixa para lá — Flora o interrompeu. — Estou mais focada em ler esta carta, respondê-la, checar alguns livros e esperar minha mala chegar. Se sobrar tempo, eu vou à diretoria reclamar sobre a Sra. Esquelel.

Carlos tinha em mente um enorme discurso, mas, por algum motivo, resolveu calar-se.

— Nem sabia que ela era uma bruxa.

— Todos os funcionários são bruxos — Carlos revelou. — Eles fingem ser comuns para que a escravidão não recomece e para não assustar os comuns.

— Por que isso?

— Por causa da lei criada por Dom Marcos, que também fora um grande bruxo. Depois conto a história dele... Pois bem, a lei diz que, em qualquer circunstância, os funcionários e educadores de toda escola que envolver ao menos um aluno bruxo têm de sê-lo também. Nem que seja para trocá-los por bruxos. Assim, os funcionários podem impedir o aluno bruxo de atingir os comuns com magia e de machucá-los.

— E, por acaso, há alguma biografia do Dom Marcos, alguma pesquisa a seu respeito? Sabe de alguma coisa sobre, igualmente como sabe de tudo?

Carlos soltou um pequenino riso envergonhado. Fazia um bom tempo que não era prestigiado por sua inteligência.

— Sei, sim, algo sobre. Tenho a autobiografia, a biografia e já participei de uma peça de teatro sobre Dom Marcos, mas agora não me lembro de nada, só do teatro. Nele, mostrei o telejornal de 1987, apresentado por Dom Marcos, aí...

— Cara, você nem tinha nascido na época desse telejornal!

Carlos deu de ombros, acostumado ao espanto das pessoas.

Uma fração de segundo depois, a mala de Flora esmagou seus pés. Tanto na mala quanto numa carta, que viera junto, havia adesivos de diamante. A frente do envelope continha um aviso:

PREZADA PANELA, COMO NÃO QUERO VÊ-LA NOVAMENTE, RESOLVI TELETRANSPORTAR SUAS ENCOMENDAS.

Flora teve certeza de que o bilhete viera de Sra. Esquelel, tanto pelo jeito sarcástico e amargurado da frase quanto pelo substantivo "panela".

Ao abrir o envelope, notou uma carta escrita do modo comum:

Prezada Flora,

Sou sua mais nova babá. Meu nome é Lívia e permito que faça o internato, porque, francamente, não me importo com você, e sim com o dinheiro. Só não entendi uma coisa: por que naquela sua carta palavras perambulavam com minipés pelo papel? Não entendi, acho que foi uma ilusão de ótica. Seu pai disse que você gosta de joguinhos.

(Não) Atenciosamente,
Lívia Souza.

P.S.: Se você contar algo da minha grosseira sinceridade ao seu pai, juro te pegar algum dia.

— Ai, meu Deus! — exclamou Flora, preocupada, ao finalizar a leitura da carta.
— O que foi? Sua babá não a deixará frequentar o internato?!
Carlos não queria passar mais um ano "só" com os Zilions. Os Zilions eram garotos insuportáveis que zoavam tudo, até as características que eles mesmos achavam interessantes em Carlos.
— Não, passa longe!
Carlos soltou um suspiro aliviado.
— Eu escrevi a carta com sangue de dragão! Como pode?
Pinga solta um segundo suspiro com ar de "sabe de nada".
— Isso é normal, todo bruxo comete esse erro pelo menos uma vez na vida. Fique tranquila, pois os tolos comuns sempre pensam ser uma ilusão de ótica.
Após ouvir o que o amigo disse, Flora se acalmou.
Quando os dois olharam o relógio, perceberam que estava prestes a começar a primeira noite no colégio.

CAPÍTULO 6

O diretor acompanhava Flora e Carlos, os Zilions, duas meninas ruivo-alouradas, que aparentavam ser irmãs gêmeas do Pinga, e uma menina negra que parecia ser amiga das gêmeas. Eles atravessavam um campo verde bem aparado e coberto de estatuetas de gnomos do luxuoso portão da escola até uma cabaninha velha de madeira, malfeita e pequena.

— É aí que vamos dormir?! — Flora cochichou, incrédula e insatisfeita, para o amigo.

— Pois é... onde sempre dormimos.

Fez-se um longo silêncio, apenas quebrado pelas fofocas inaudíveis das gêmeas e sua amiga.

— Elas são suas irmãs? — Flora indagou.

— Sim, as gêmeas Luara e Lara. Metade loiras, metade ruivas. São menos semelhantes ao resto da família, pois todos os outros são ruivo-avermelhados e têm o rosto rechonchudo e circular. Outro quesito diferente também é a chatice.

Flora riu.

— Elas são do primeiro ano?

— Terceiro. Também são diferentes pela altura.

As gargalhadas da dupla ecoaram pelos ouvidos do resto do grupo, que, pelo visto, não aparentava ter entendido.

Quando finalmente se cansaram da graça, já estavam na porta do dormitório da escola. Por fora, a cabana era minúscula e Flora suspeitava que não caberiam ali; quando entraram nela, porém, depararam com uma mansão! Cada aluno tinha o próprio cômodo (menos as ruivo-alouradas, que dividiam o quarto por opção).

— Nós dividimos o mesmo quarto — disse Luara, que aparentava contar vantagem.

— Só não dividem a cara porque brigariam pela maquiagem! — debochou Carlos, fazendo uma voz fina.

As meninas fizeram uma pose, viraram as costas para o irmão e rumaram para o quarto.

Em uma cadeira feita de carvalho escuro, o diretor sentou-se sobre uma almofada chique, ergueu um megafone e começou:

— Atenção! Atenção, alunos bruxos, nestas férias a professora Lie finalmente foi demitida por violar a Lei Fremde 789.989 do Departamento de Socialização da Polícia Federal Fremde: preconceito com Spats. Neste momento, evidentemente, ela está na masmorra, ou lutando para escapar.

— O que seria a masmorra? — questionou Flora.

— Masmorra... — Carlos ia explicar, mas logo foi interrompido pelo diretor.

— Sr. Pinga, a Srta. Bezzi perguntou a mim. — Ele olhou sério para o menino e ergueu a cabeça novamente para todos. — Masmorra é a prisão mais confiável do mundo fremde, a única subterrânea. Lá se encontram apenas os criminosos que desafiaram os regulamentos mais importantes. A lei 789.989 é um deles.

— Então, por que a Sra. Lie não foi presa antes? — questionou um dos Zilions, pondo o dedo no nariz.

— Porque... — Pigarreou de nervoso. — Ah, vão dormir! Daqui a pouco a lua cheia se ergue e nossos inimigos lobisomens despertarão! — disse com firmeza e raiva na voz.

Carlos entrou em seu cômodo, suspirou aliviado e se jogou na cama com os braços abertos. Logo, a face de Flora subiu diante do colchão, e o garoto gritou:

— O que está fazendo aqui?

— Calma! Eu só queria que você me respondesse por que os lobisomens são nossos oponentes.

— Ah... — Ele se endireitou na cama, a cabeça encostada no travesseiro. — Isso é fácil. Quando os comuns iam começar a escravidão, era para ela ser fremde, ou seja, para todos os seres fremde. Porém, os lobisomens subornaram o resto das C.M. e os mágicos, para estes cativarem e ludibriarem os comuns, a ponto de fazê-los nos escravizarem, e apenas nós.

— E por que fizeram isso? — Flora parecia intrigada.

— Porque os lobisomens são uns idiotas — prosseguiu Carlos. — E também porque os lobisomens são seres rancorosos. O antigo rei deles, Dom Lobiscão, fora muito íntimo de um dos gênios da nossa terra, o próprio Marcelo Ladier. Quando ainda eram pequenos, Ladier acidentalmente deixou o pão de Lobiscão cair muro abaixo, e este guardou rancor até sua morte. Antes do falecimento, espalhou seu ódio entre todos os outros lobisomens.

— Que motivo ridículo! — exclamou Flora, indignada.

— Pois é. Boa noite, e feche sua janela!

— Por quê?

Carlos dormiu antes de responder. Ela, então, resolveu deixá-lo em paz.

Flora voltou ao seu quarto e se deitou numa cama de cor verde-água, ao lado de uma escrivaninha de carvalho. As paredes, levemente descascadas, tinham um tom azul-claro. Havia estantes brancas, lotadas de artefatos de sua mala.

A garota abriu seu livro favorito para desfrutar dele antes de adormecer, mas, quando ia começar o sétimo capítulo, houve um apagão.

CAPÍTULO 7

Flora pensou estar dormindo, mas se sentiu acordada. *Talvez esteja cega. Qualquer coisa, ao amanhecer, consultarei a enfermaria.*

Quando finalmente pôde abrir os olhos, percebeu-se num espaço escuro e frio, com velhas ervas cobrindo poucas partes das paredes. O chão estava infestado de esqueletos. Via-se de ossos pequenos de crustáceos até costeletas de sauzo[2].

Flora ergueu os olhos a todos os lados, à procura de alguém para salvá-la. Em meio à escuridão, surgiu a grosseira Sra. Esquelel.

— Sra. Esquelel! A senhora veio à minha procura, a senhora veio me salvar! — Flora chorou de emoção, abraçando-a fortemente.

Aos poucos, a Sra. Esquelel mudou de forma física. Sentindo a mudança pelo tato, Flora se afastou. A Sra. Esquelel havia se transformado num monstro desconhecido, jamais pesquisado nem mesmo pelos maiores pesquisadores. Era uma criatura asquerosa: absurdamente magra, de mais de oito metros de altura, de tom verde e o rosto pequeno. Sua boca estava infestada de presas, das quais saía uma espécie de baba verde.

---

2. Sauzos são criaturas horrendas e monstruosas, com a altura inexplicável de grande e magia das trevas não humanas.

Sem mais nem menos, Flora fotografou a criatura. Programou-se para perguntar sua origem a Carlos quando voltasse.

— Ãhn, boa noite? — disse Flora, com medo invadindo o tom de voz.

Sem nem ao menos responder a ela, o bicho atacou a pobre rapariga. Quando estava prestes a decapitá-la com as presas, abruptamente...

CAPÍTULO 8

Cinzentos e peludos lobisomens, que Flora pensou que ajudariam a ameaçadora criatura, apareceram para auxiliá-la. Defenderam-na, acabando com o enorme ser apenas roubando sua baba verde.

Após o tão desejado falecimento da criatura, o corpo humano de Esquelel tombou fraco e desfalecido. Os lobisomens se aproximaram de Flora em grupo. Um deles, o único preto, se pronunciou:

— Bruxos como você têm má impressão de nós por conta do Lobiscão...

Ele, então, passou sua fala a outro lobisomem. Seus instintos indicam que devem partilhar os argumentos.

— Mas nós, caso não saiba, não nos orgulhamos dele...
— E gostaríamos de nos desculpar com vocês, bruxos...
— Mas vocês não nos ouvem...
— Quando temos oportunidade...
— Salvamos vocês...
— Aceita nossos pedidos de desculpa? — perguntou o último, erguendo a mão e pedindo um aperto de mãos.
— Obrigada, lobisomens, muito obrigada. Serei eternamente grata — disse Flora, atendendo ao pedido.
— Oh, camarada pegasunicórnio[3]!

Assim, Flora e os lobisomens voltaram à superfície: a garota, ao dormitório; os lobisomens, à floresta.

---

3 Nome específico de unicórnio com asas.

CAPÍTULO 9

À matina do dia seguinte, foi realizado um evento que o diretor chamara de "Boatos da Eleição". Segundo ele, para os eleitores terem segurança de escolher, seria preciso apontar acontecimentos chamativos da vida dos candidatos.

Quando Flora subiu ao "parlatório", que na verdade não passava de uma caixa de papelão com um microfone falso em cima, ela narrou o que ocorrera na noite anterior, que definitivamente era chamativo.

Pinga ficou entre incrédulo e lívido. As ruivo-alouradas cantavam desafinadamente em harmonia: "Mentira, mentirosa, mentira, mentirosa...". A amiga das gêmeas aparentava calma, os Zilions nem prestaram atenção e o Sr. Talos estava em pânico!

— Venha cá, Srta. Bezzi! — chamou o diretor, preocupado, puxando a menina pelo braço.

Ele levou-a a uma sala iluminada cheia de televisões, mostrando os lugares do colégio que, secretamente, estavam sendo filmados. Ele apontou o quarto no qual Flora quase morrera.

— É este o lugar, Srta. Bezzi?! — perguntou nervoso.

Flora balançou a cabeça positivamente.

Novamente, o diretor a puxou pelo braço, e foram a um lugar diferente: a Sala das Dores. Lá podiam ver o corpo da Sra. Esquelel desmaiado no chão, acima das costeletas do sauzo.

— Você! — berrou a moça, assim que acordou, com um tom de voz ameaçador. — Você descobriu o meu segredo e espalhou-o para o tolo do Talos! Você me derrotou, destruiu a minha parte monstruosa! Por você, não posso mais fingir ser o monstro do armário. Por você, não posso mais comer as delícias dos sauzos, por você... — Suspirou furiosamente. — Você é peculiar negativamente, Flora, isso trará problemas ao seu futuro, sua bruxinha de panela!

Esquelel continuou a berrar, mas Flora nem se prestou a ouvir. Treinava isso em casa com as babás: "Quando se queixarem de você, não ouça. É bem menos duro do que levar sermão".

Depois daquele desejado fim do falatório, Esquelel tentou matar Flora com um facão afiado. Dois seguranças a seguraram bem na hora.

— Obrigado, Flora — um deles agradeceu. — Havia meses, suspeitávamos de algum assassino aqui após a morte constante de bichos e criaturas.

— De nada — disse Flora gentilmente, um tanto confusa com o ocorrido.

Desde seu primeiro encontro com Sra. Esquelel, a garota sabia que ela não era uma pessoa gentil, mas nunca imaginara que seria um monstro assassino.

Levaram-na às masmorras, à cela 9.999.999, a mais segura de todas. Por declarar a paz entre os lobisomens e os bruxos, Flora ganhou um medalhão de ouro maciço, com o seu nome escrito em letras prateadas. Guardaram-no na sala de troféus, na segunda estante.

Após esse dia, alguns lobisomens crianças Lua Cheia[4] se matricularam no Colégio Sucesso, e os Integrais[5] passaram a frequentar apenas o Departamento de Magia. Alguns Lua Cheia adultos se tornaram vigias da escola, e, em época de lua cheia, os outros funcionários fingiam estar doentes.

---

4 Aqueles que se tornam lobos apenas na lua cheia.
5 Aqueles que são literalmente lobisomens.

CAPÍTULO 10

Na matina seguinte, quando Flora finalmente se levantou (fora a última a acordar), juntou-se ao grupo na sala. Lá viu um duende azul assinando uma prancheta presa nas mãos ossudas do diretor.

— Ãhn? — perguntou confusa.

— Ah, Srta. Bezzi! — o diretor exclamou apressadamente, enquanto o pequeno duende desaparecia de vista. — Os grabers estavam apenas confirmando o ocorrido da noite de anteontem.

— Grabers?

— Grabers são os nossos detetives. São uma espécie de C.M. subterrânea com a vista impecável; por isso, são os nossos detetives. Pelo visto, o caso foi confirmado e Esquelel continuará nas masmorras. Também são capazes de aparecer e reaparecer em outro lugar num estalar de dedos, um dom único.

— Ah. Mais uma C.M. Quantas espécies de C.M. existem aproximadamente?

— Em média... — Pensou o diretor, passando a mão repetidamente pelo queixo.

— Quinhentas e sessenta e oito — respondeu Carlos, impressionando a todos. — A espécie mais gananciosa são os kahle einhorn, fisicamente parecidos com unicórnios, só que carecas. Têm dons raros: fazer algo vagaroso naturalmente em segundos, trocar as almas de outros seres e o feitiço schnell langsam.

Acidentalmente, Carlos apontava a varinha para as gêmeas e elas trocaram de almas. Como o garoto não era um bruxo das trevas, o feitiço seria temporário. Mesmo que fosse integral, porém, não haveria problema, pois até elas às vezes se confundiam.

— Outra espécie...

— Sr. Pinga, por favor, a Srta. Bezzi aprenderá isso no Departamento de Magia — advertiu Talos, suavemente. — Bom, alunos, hoje à tarde será feito um passeio fremde. Visitaremos a floresta Água, famosa por uma enorme quantidade de C.M. É melhor que preparem suas bolsas!

— Não vejo a hora! — exclamou Flora, enquanto ela e seu amigo rumavam ao quarto do menino.

Carlos a ignorou. Parecia ocupado, enfiando um monte de artefatos fremde em uma bolsa, a qual nenhuma criança bruxa normal teria ideia do que seria. Mas Carlos era Carlos, e Flora sabia que ele seria um grande bruxo quando crescesse.

A garota despediu-se do amigo e rumou ao seu quarto. Ficou um tanto pensativa ao olhar para sua bolsa, pois não sabia o que levar. No fim, quase em cima da hora do passeio, decidiu-se em levar sua varinha, uma garrafa de água infinita (chamada cientificamente de unendliches wasser) e um filhote unicórnio que ganhara do diretor de boas-vindas.

O diretor, então, chamou. Finalmente chegara a hora tão desejada.

CAPÍTULO 11

O grupo se organizou em duplas, com exceção das gêmeas e de sua amiga, que decidiram formar um trio e justificaram ao diretor com o argumento de que o número de pessoas era ímpar.

Enquanto andavam em conjunto rumo à floresta Água, Flora mostrara a Carlos, sua dupla, seu filhote de unicórnio. O menino o observou curiosamente:

— Hum... Pelo visto, esse é o quinto tipo de unicórnio. Existem dez tipos, e esse é o mais peculiar. O seu unicórnio será filhote para sempre; quando precisar da ajuda dele, porém, ele se transformará em um adulto poderoso para combater o seu oponente.

— Que legal! Assim ele será fofo e indestrutível!

— Você só trouxe isso?! — Carlos olhou curiosamente para a bolsa da amiga.

— Sim — afirmou clara e calmamente.

— Imagina quantos perigos podemos passar lá!

— Se fosse perigoso, o diretor não nos levaria! — retrucou.

— Se tudo o que fosse perigoso fosse proibido, o mundo fremde estaria em ruínas. Tudo aqui é perigoso, Flora.

— Acredito... — ela debochou.

Depois de mais uma hora de caminhada, chegaram à entrada da floresta. Nesse momento, o diretor afirmou:

— Duplas, vocês farão seu passeio a sós. Trio, para cá!
— Talos apontou. — Zilions, para lá...

Pinga tentara protestar, mas não adiantou. Apesar de ser inteligente, o medo facilmente o vencia. De qualquer maneira, o diretor o ignorou, e lá foram Flora e Carlos para a direção noroeste.

No caminho, eles conversaram com lobisomens, fizeram cafuné em unicórnios e fugiram de vampiros. A hora mais inesperada, porém, foi a volta.

CAPÍTULO 12

Na volta, Carlos e Flora estavam perdidos, pois o unicórnio ingerira o mapa. Quando acreditavam estar perto do ponto de partida, perceberam-se no coração da floresta Água. Entre ela e a floresta Esqueleto, encontraram uma mulher semelhante à Sra. Esquelel: morena, olhos acinzentados e rosto enrugado. Também, na ponta do olho da dupla, avistaram uma menina loira embaçada, apenas visível pelo contorno dos cabelos.

Flora e Carlos ficaram lívidos. *Como pode a Esquelel estar aqui?! Ela devia estar nas masmorras!*, pensaram os dois.

Flora decidiu inclinar a cabeça para poder ver direito a menina loira, pensando ser Margarida, mas isso fora um erro. Esquelel a avistou e, com um balançar de mãos ocupadas com poder roxo, levou os amigos à Sala das Dores, acompanhados da garota loira. Em pé, diante da malvada, puderam avistar melhor a menina: era realmente Margarida.

— O que você está fazendo aqui, sua comum chata e desobediente? — perguntou Carlos, entre intrigado e irritado com a presença da inimiga.

— Eu não sou mais comum, cabelo de tomate! — debochou Margarida, com um péssimo xingamento. — A Sra. Esquelel precisava de alguém que odiasse tanto Flora como ela. Como pode se transformar em qualquer ser fremde pelos poderes de sua espécie, estava em forma de fantasma quando me viu falando mal de você... — Ergueu o olhar maldoso para Flora, e depois desviou. — E se fez de minha escravizada para formarmos uma dupla contra você, Flora. Eu a induzi a me transformar em uma bruxa avançadíssima na magia, e ela obedeceu.

— Você falou mal de mim? — questionou Flora incrédula, lívida e triste.

Margarida ergueu um olhar mafioso para Flora, que pareceu dizer sim.

— E eu, Flora, que assassinei sua mãe em 2015! — Foi a vez de Esquelel falar. — Sempre detestei seres que não são bruxos, e havia conhecido sua mãe quando pequena. Éramos inimigas, e como sou uma pessoa rancorosa... — admitiu Esquelel. — Quando vi os sucessos daquela panela, resolvi acabar com sua felicidade e sua vida. Graças a Deus, ninguém nunca desconfiou de nada: "Ora, não existe pessoa tão mafiosa a ponto de causar homicídio à espetacular Lidiane". Conta outra!

Flora estava angustiada. Infelizmente, ela sabia poucos feitiços, e nenhum deles danificava o oponente.

Carlos, porém, já estava com a varinha apontada, quando a assassina lançou-lhe algum feitiço, fazendo-o desaparecer muito vagarosamente. O garoto se movimentava como se estivesse sendo torturado.

— Langsam foltern — disse a assassina. — O feitiço que tortura o enfeitiçado internamente, até desaparecer. PUF! — Estalou os dedos, sem emitir som.

Um silêncio foi feito. Um silêncio negativo, quebrado pelo seguinte argumento da prisioneira das masmorras:

— Fugi das masmorras porque fiz aliança com um graber. Ele não gostava do seu trabalho de detetive, então o transformei num centauro; como recompensa, mas sem intenção, ele me libertou.

— Pois é — complementou Margarida. — E agradeça, panela. Apesar de sermos más, somos piedosas e lhe ofereceremos uma chance de vencer e salvar seu amigo pateta. Vença a mim. Aceita?

Flora pensou por poucos minutos: não tinha a mínima ideia de como vencer Margarida, porque sabia poucos feitiços, mas faria qualquer coisa para seu amigo permanecer no mundo e para manter a herança de sua grandiosa mãe.

— Sim, aceito.

Logo, os olhos de cor violeta — Margarida agora os usava assim — se tornaram vermelhos, dos quais pareciam sair raios. Em uma fração de segundo, as duas abandonaram a assassina e o amigo de Flora, transportando-se a um ringue de luta fremde vazio.

O unicórnio protetor de Flora ficara na floresta. Declarou lembrar-se de que só teria 1% de chance de ganhar, mas queria conquistar essa chance.

A luta era simplesmente isto: Margarida atacava; Flora esquivava. Margarida atacava; Flora esquivava. Margarida...

Depois de meia hora, Flora se cansou de desviar, pois queria também atacar. Como não sabia nenhum feitiço útil para a ocasião, resolveu criar um, o qual a definia naquele instante:

— Ich glaube!

CAPÍTULO 13

Por incrível que parecesse, soltar o que a definia naquele momento acabou com sua oponente. O corpo de Margarida jazia desmaiado no chão.

Em uma fração de segundo, a assassina e Carlos apareceram abruptamente, e o menino enfim estava livre.

— Muito bem, panela, muito bem... — disse Esquelel. — Esquema perfeito. Que pena que o trato era evitar a morte do seu amigo, e não a sua.

Logo, a malvada entrou no ringue inclinando sua varinha para Flora com uma face ameaçadora.

— Agora, pirralha, terá de lutar comigo!

Nenhuma das duas percebeu que Carlos cozinhava uma poção de tom verde neon em seu caldeirão.

A assassina ergueu uma cartola preta com um símbolo desconhecido, e dela tirou um arco e flecha mágico, pronta para atirar em Flora. Quando...

CAPÍTULO 14

Se você, leitor, pensou que Pinga jogou a poção que estava cozinhando na Sra. Esquelel, errou. O que realmente aconteceu foi o seguinte: o diretor Talos apareceu no ringue no mesmíssimo segundo em que a assassina ergueu a cartola.

— Sra. Esquelel, o que está fazendo fora das masmorras? E o mais importante: o que está fazendo com a cartola de Izs?

Flora pensou que ela ia ludibriar o diretor tempo suficiente para fugir, mas não ocorreu o que esperava...

— O que eu estou fazendo com a cartola de Izs? — perguntou Esquelel, com o tom de voz ameaçador. — A cartola de Izs, Daniel Talos, foi a herança de Nicolas Izs antes de seu falecimento.

— Quem é Nicolas Izs? — questionou Flora.

A malvada virou-se bruscamente.

— Flora, agora não... — Daniel Talos sussurrou baixinho, com a intenção de excluir a questão de Flora.

— Que é isso, Daniel?! Deixe a garota livrar-se das dúvidas! Nicolas Izs, minha cara, foi o irmão do bruxo mais importante de todos os tempos, o Dom Marcos Izs. Por ter inveja e ódio do irmão, Nicolas criou esta cartola, que é capaz de lhe entregar qualquer coisa, a menos que você tenha boas intenções — explicou Esquelel. — Nicolas é semelhante a mim. Descartamos aqueles que não nos agradam por qualquer motivo. E você, pequena Flora, não me traz felicitações.

Quando a malvada apontou o arco e flecha na direção de Flora, o diretor correu para impedir, mas não a alcançou. O único que estava preparado era Carlos, que, menos de dez segundos antes de Esquelel atacar, jogou a poção na cabeça, fazendo o corpo inteiro de Esquelel se transformar em cinzas, que foram levadas pelo vento para bem longe.

— Você a matou?

— Claro que não, Flora. Não sou assassino como aquela, aquela... — E utilizou um adjetivo para se referir à Esquelel que nem para falar sobre Margarida ele usaria. — Eu apenas usei a poção glut para transformá-la em cinzas; assim, o vento poderia levá-la a um lugar bem longe, no qual ela voltará à forma humana.

O diretor ergueu os olhos azuis ao corpo desmaiado de Margarida e prosseguiu:

— Ela estudará no colégio e no Departamento de Magia quando acordar. Não temos com quem deixá-la, e ela já é uma bruxa.

— Quê?! — Espantaram-se Carlos e Flora, incrédulos.

CAPÍTULO 15

A Sra. Esquelel foi mandada novamente às masmorras, e os cava-cavas[6], a um interrogatório.

Flora ganhou um medalhão por vencer a cúmplice da Sra. Esquelel, e o feitiço que jogara contra Margarida fora aceito, passando a fazer parte de todos os livros de magia do mundo fremde.

As aulas começaram no mundo comum; no que pareciam poucos minutos, os dois estavam presentes numa sala infestada de comuns, aprendendo coisas como multiplicações e divisões, às quais Flora nem prestou atenção, pois sabia que nunca as usaria em sua carreira. Carlos, por sua vez, estava literalmente com a face enfiada nos cadernos. Ele gostava de saber de tudo...

Quando saíram para o recreio, Margarida e mais duas meninas — uma, com os cabelos negros e olhos verdes; outra, com os cabelos castanhos e crespos, miscigenada, e de olhos castanhos — chegaram perto dos amigos com arrogância:

— E aí, patetas, já conheceram nosso grupo, o Azamiga? — perguntou Margarida, a "líder" do grupo.

Carlos e Flora se entreolharam e soltaram altas e boas gargalhadas.

— Cláudia, Bianca, vamos embora! — disse a loira furiosa, mas, mesmo assim, arrogante.

---

6 Outro nome para se referir a grabers.

As meninas lhe obedeceram. Flora se perguntou por que raios era amiga daquela menina.

Outra garota chegou, pondo a mão em seu ombro. A menina tinha os cabelos castanho-claros, quase louro-escuros com uma franja cobrindo a testa. Seus olhos eram verde-esmeralda e ela era sardenta. Parecia ler mentes.

— Elas são assim mesmo, você logo se acostuma... — disse. — Ah, desculpe, eu me esqueci de me apresentar. Meu nome é Mariana Helimier. Esse é meu irmão, Bernardo.

— Prazer, Mariana — cumprimentou Flora. — Me chamo Flora. Olá, Ber...

— Não, não cumprimente Bernardo!

— Por quê?

— Porque o irmão dela é um verlorene artefakte. Isso é até visível — respondeu Carlos, por Mariana.

— E o que significa isso? — Flora quis saber.

— Verlorene artefakte é o nome de uma doença genética. Os bruxos que a possuem têm o dom da magia até certa idade; ao passarem dela, perdem todos os seus poderes e, resumindo, se tornam comuns.

— Pare de falar isso na frente dele, vai magoá-lo! E se você também se tornar um verlorene artefakte, e aí? — indagou Mariana, com raiva.

— Não tem como eu pegar essa doença, porque é genética. E eu sou um Spat, o oposto.

— Dane-se. Não se sentiu estranho ao parar de ser comum?

— Não. Os bruxos são os mais sabidos do mundo fremde. Até chegam... — Carlos dizia, até ser interrompido por Mariana.

— Cale a boca.

— Não — negou confiante. Ele, então, aproximou-se de Flora e falou baixinho, direcionando-se à Mariana:
— Opressora.

Flora lançou-lhe um olhar de "fala sério" e rumou, ao lado do amigo, para o pátio do recreio. Carlos e Mariana se sentaram um de cada lado de Flora, tentando se afastar o máximo possível entre eles.

— Ouvi falar de poções para se tornar outro tipo de ser fremde — afirmou Flora abruptamente, quebrando o silêncio que se instalara.

— Claro. Poção para virar lobisomem (Integral ou Lua Cheia), vampiro, duendes, cava-cavas... até sauzos. Mas há uma que equivale a todas as outras... — complementou Carlos.

— Qual? — questionou Mariana.

— A poção viele tiere. Ela faz você se transformar no ser que quiser.

— E como ela funciona?

— Primeiro você faz a poção. Em seguida, tem de tomar uma gota a cada dia, por 85 dias. Se antes de 85 dias você já tiver tomado a poção toda, terá de recomeçar o processo. O mesmo vale se, em 85 dias, sobrar um pouco de poção, nem que seja um mililitro. Depois, terá que começar uma dieta: apenas sais minerais e proteínas. Nada mais, nada menos. Após 40 dias, precisará vomitar a poção e colocá-la num recipiente em forma de cubo. Após 31 dias, beberá a poção vomitada e esperará uma semana para obter o poder que a poção oferece. Ao receber os poderes, o processo é o seguinte: dirá mentalmente glut e se transformará em cinzas. Em seguida, pensará na criatura fisicamente na qual deseja se transformar e pronto.

— Nossa! — exclamou Mariana. — Algum conhecido seu é um viele tiere?

— Sim, se eu me contar como um conhecido meu — respondeu Carlos. — Aprontei essa poção no ano retrasado.

— Acredito — debochou Mariana.

O menino, então, transformou-se em cinzas. Após dez segundos nesse formato, transformou-se em um unicórnio macho, seu animal favorito. O viele tiere, agora na forma da C.M. mais pacífica, bonita e conhecida do mundo (comum e fremde), balançou a crina multicolorida e falou:

— Que bom que você acreditou.

Mariana estava boquiaberta. Flora, por outro lado, ficou indignada:

— Por que você não me contou isso antes?

— Pensei que ia contar vantagens em exagero.

— Está bem, isso não vem ao caso. O único problema é que você tinha 9 anos quando se tornou um viele! — Mariana estava impressionada.

— Oito. Sou adiantado no colégio — corrigiu Carlos, voltando à forma normal.

Mariana se espantou mais ainda, mas Flora já estava acostumada.

— Daqui a pouco você se acostuma. Carlos tem um cérebro precoce — afirmou Flora. — Bom, apesar de não ser precoce, gostaria de obter esse dom. Os defeitos são apenas o processo e o tempo. Precisa gastar cento e sessenta e três dias!

— Você vai ser um mago[7] quando crescer? — perguntou Mariana, excluindo o comentário da amiga.

— Não sei — respondeu Carlos. — Tem tantas profissões por aí que praticam o conhecimento da ciência fremde que acabo ficando indeciso.

— Bom, que tal irmos à biblioteca? Lá com certeza haverá informações importantes do mundo fremde, tão raras que Carlos não fará ideia — sugeriu Flora.

Eles aceitaram ir ao espaço de literatura junto com Flora. Chegando lá, então, encontram nada mais, nada menos do que "Azamiga".

Quando percebeu a chegada do trio, Bianca, a garota de cabelos negros e olhos verdes, dirigiu-se a eles para caçoá-los.

— Olá, bocós. Ah, vejo que a Helimier se juntou a vocês. Agora está um completo grupo pateta.

— Por que você veio nos caçoar, e não a Tins? — Flora estranhou.

— O nome dela é Margarida Pinheiro Tins, chefe oficial e permanente do "Azamiga". Mais respeito — advertiu Bianca, enquanto seus inimigos soltavam risadinhas impossíveis de serem ouvidas por ela. — E a Josefa Esquelel é minha mãe. Por isso mesmo me juntei àquelas chatas! — revelou e saiu chorando.

Rapidamente, engrenagens modificaram seus lugares na cuca de Flora.

---

[7] Magos são praticamente bruxos, só que avançados. Vou dar um exemplo de forma figurada: enquanto os bruxos aprendem adição, os magos aprendem matemática avançada.

— Espere... — começou ela, até ser interrompida por Mariana.

— Esqueça — ordenou a amiga, pondo a mão no ombro de Flora.

— Mariana tem razão — disse Carlos, pondo a mão no ombro direito de Flora.

Bruscamente, Flora puxou os amigos pelo braço até um cantinho escondido da seção de Magia.

— Bem que eu havia percebido que as duas eram parecidas fisicamente — argumentou Carlos.

— Eu soube do ocorrido entre vocês e Esquelel. O diretor me disse e pediu para guardar segredo — afirmou Helimier. — Flora, não arrume papo com a Bianca, só vai causar mais intrigas — aconselhou.

— Poxa, mas ela não tem culpa se... — começou Flora, mas foi interrompida pelo sino, que indicava o fim do tempo livre.

Assim, após Carlos se entender com Mariana, o trio de amigos rumou para a fila, o local de espera para o professor buscar a turma.

Enquanto subiam as longas escadas, no caminho da sala do quinto ano, Mariana comentou com os amigos:

— Minha mãe me permitiu fazer parte do internato.

— Que bom! Também fazemos parte! — exclamou Flora, feliz.

Assim, os três comemoram silenciosamente até chegarem à sala de aula.

Após uma hora de aula, para a qual Flora e Mariana não deram a mínima bola, o oposto de Carlos, finalmente o professor anunciou:

— Classe liberada!

Uma montoeira de gente se reuniu para sair da sala. Apenas "Azamiga", Mariana, Carlos e Flora resolveram aguardar a porta ficar vazia.

— Parece que tomamos a mesma decisão, não é, grupinho? — debochou Cláudia.

— Pois é, Cláudia. Outra coisa alarmante é que precisamos de um nome urgente para eles! Que tal "Ozidiota"? — complementou Margarida, também arrogante, enquanto suas amigas riam.

Mariana e Carlos estavam quase retrucando, mas não o fizeram por causa do impedimento de Flora e também pelo fato de a porta já estar vazia.

As amigas de Margarida foram embora e apenas ela e seus inimigos foram ao Departamento de Magia. A garota parecia muito aborrecida com isso.

Ao chegar lá, Flora percebeu que havia muito mais comuns do que bruxos na escola. No Departamento de Magia estavam presentes somente ela, seus amigos, Margarida, os Zilions e um menino desconhecido.

A nova professora, uma mulher alta com os cabelos lisos e castanhos como os olhos, apresentou-se antes de a classe inteira se sentar:

— Olá, classe. Meu nome é Lídia Souza. Sra. Souza, por gentileza. Hoje vamos aprender um pouco sobre Transição e Tratos com C.M. Antes, porém, farei a chamada. Sr. Pinga?

— Presente — respondeu amargurado em razão das gargalhadas dos Zilions ao ouvirem seu sobrenome e repeti-lo.

— Srta. Bezzi?
— Presente.
— Srta. Tins?
— Presente — esta respondeu entre amargurada e arrogante, pois os Zilions também caçoaram de seu sobrenome, a marca mais conhecida de petiscos para sapos.
— Srta. Helimier?
— Presente.
— Sr. Torres?
— Presente.
— Srs. Zilions?
— Presente — responderam os dois ao mesmo tempo.

Logo em seguida, os demais começaram a caçoar do sobrenome deles, o que os fez chorar. A professora sugeriu que fossem tomar um copo de água.

— São uns covardes — disse Carlos para as amigas. — Caçoam do sobrenome de todos, e quando os outros zoam o deles começam a chorar. Chorões!

— Verdade — confirmou Mariana.

— Bom, classe, vamos esperar os Srs. Zilions para começar a aula — decidiu a Sra. Souza.

— Está de brincadeira? Esperar aqueles patetas para começar a melhor aula! — exclamou Flora indignada.

CAPÍTULO 16

Os Zilions entram pela porta, com os olhos inchados e a face vermelha de tanto chorar. Ainda saíam gotas de seus olhos negros, porém poucas.

— Bom, turma, vamos começar com os Tratos com C.M. Alguém aí é um viele tiere? — indagou, nem um pouco esperançosa.

Enquanto Flora e Mariana apontaram para Carlos e gritaram "Ele!", o menino disse "Eu!". Os olhos castanhos da professora brilharam e um sorriso se alargou em seu rosto.

— Que bom, Sr. Pinga! E pode se transformar em dragão tipo um, por favor? Você conhece a espécie?

— Conheço, claro — respondeu Carlos.

Carlos se transformou em cinzas para, dez segundos depois, virar um dragão pequeno. Como era Carlos, não ficaria se debatendo, mas os tipo um oficiais ficavam.

— Esse é o dragão tipo um. Ele é pequeno, porém é o quinto mais perigoso de todos os dez tipos. Ele tem habilidades de transfigurar algo ou alguém, ou mudar algo ou alguém de lugar. Sua última habilidade, quando for para se defender, o torna capaz de se tornar o dragão mais perigoso dos dez tipos, o tipo sete. Transfigure-me para você como pessoa, Sr. Pinga — pediu a professora.

Em forma de dragão tipo um, Carlos cuspiu um líquido preto-arroxeado na professora, o que a fez se transformar nele próprio em forma normal.

— Isso que o Sr. Pinga cuspiu é o líquido da transfiguração. Existe até uma poção de mesmo nome. Na verdade, os únicos ingredientes dela são o líquido da transfiguração e um fio de cabelo ou uma unha do ser em que você quer se transformar. Diferentemente dos dragões tipo um, nós não conseguimos mudar a forma física de alguém jorrando o líquido e pensando mentalmente no ser em que queremos que ele se transforme.

Mariana levantou a mão.

— É uma pergunta, Srta. Helimier?

— Sim.

— Então fale.

— Bom, se podemos arranjar o líquido com o dragão tipo um, por que inventaram uma poção?

— Porque esse tipo de dragão é raro, e para facilitar o processo de ter que convencer essa C.M. até ela desistir e cuspir. Na verdade, eles já eram raros, e agora estão em extinção por conta da caça em busca do líquido de transfiguração — respondeu. — Voltando, Sr. Pinga, leve-me até a porta. — Apontou para a porta da sala, a mobília mais distante dela.

O dragãozinho Carlos molhou a professora com um líquido rosa-alaranjado, que a fez se distanciar até a porta. Ela anda até o centro da sala, lugar onde estava.

— Esse é o líquido da transição, também muito desejado, até mais do que o da transfiguração. Há uma poção feita dele, só que o ingrediente extra dela é um pedacinho do chão no qual você quer que o ser se transporte. Esse e o ingrediente extra da poção do líquido da transfiguração são colocados pelo consumidor, pois não sabemos para onde ele quer se transportar ou em quem quer se transformar.

Flora levantou a mão.

— Qual a dúvida, se é que é uma dúvida, Srta. Bezzi?

— Sim, é uma dúvida — esclareceu. E então perguntou: — Você não vai mostrar a terceira habilidade dele, do sistema defensor? Eu descobri que, em todas as C.M. que têm tipos diferentes, uma delas vai ter a habilidade defensora.

— Sim, Srta. Bezzi, mas não poderemos mostrar o sistema defensor. Para ele ativar esse sistema, precisa ser atacado, e não irei atacá-lo. Falando nisso, pode voltar ao normal, Sr. Pinga.

Em uma fração de segundo, Carlos voltou ao normal.

— Agora iremos aprender um pouco sobre a transição em feitiços...

O sinal que informava o fim das aulas interrompeu a professora, que, chateada, prosseguiu:

— Aprenderemos isso amanhã.

Os alunos saíram da sala correndo. Os Zilions gritavam coisas macabras e ameaçadoras para serem os primeiros a sair. Tinham a intenção de causar pânico nas pessoas, mas não conseguiam. Falavam coisas como: "Se eu não sair antes de todos, roubarei seu pão com geleia!".

Flora não reparou em quem saiu antes ou depois, mas se atormentou com o fato de ela e seus amigos serem os últimos. Logo depois, o trio foi à parte de dentro dos portões da escola, local de encontro para aguardar o diretor na hora de irem ao dormitório. Para a surpresa dos amigos, o diretor já estava lá, batendo o pé impacientemente.

— Que demora, hein! Por pouco não telefonei à Sra. Souza — resmungou.

O grupo caminhou pelo campo verde aos dormitórios. Lara, uma das gêmeas, aproximou-se do irmão mais velho e resmungou:

— Valeu pelo atraso.

Carlos a ignorou. Quando finalmente chegaram, o diretor começou a dar avisos, aos quais Flora nem prestou atenção. Estava mais preocupada em encaminhar um bilhete aos amigos sem que o arauto percebesse.

Quando finalmente houve uma chance, Carlos e Mariana, que já haviam recebido o bilhete, foram ao banheiro, conseguindo a permissão de Daniel Talos após mentirem dizendo que precisavam urinar urgentemente.

Ao abrirem a carta escrita com sangue de dragão, leram:

Pessoal, hoje, às 4 da matina, vamos fugir para a biblioteca, seção de Magia. Ouvi falar que existe uma passagem secreta com código para a aldeia da alcateia. Preciso rever meus amigos lobisomens. Vocês vão amá-los.

Flora.

Carlos realmente gostaria de um completo sono, mas preferia aventurar-se em meio às C.M. com seus amigos. Também poderia aprender um pouco mais sobre os lobisomens.

Mariana, por outro lado, sentiu pavor. Não estava acostumada a estar fora do sono pela madrugada, mas, por qualquer motivo, acabou aceitando.

Eram quatro horas da madrugada, quando estavam prestes a sair desprotegidos. Todos concordaram que seria falível sair dessa maneira, então Carlos resolveu se transformar num unsichtbar, uma C.M. que, com o seu poder, consegue tornar tudo o que quiser invisível. Em seguida, ele escondeu as meninas.

Agora, já precavidos de que ninguém os descobriria, foram à seção de Magia. Entre as prateleiras das estantes um e dois, havia um livro com o título do qual eles mais precisavam: *A aldeia da alcateia no Colégio Sucesso*. Flora estava perto de apanhá-lo, quando Carlos a impediu segurando sua mão.

— Pense, Flora. O assunto é secreto, nem sei como descobriu. Pode ser uma armadilha.

— Mas está na seção de Magia! — ela justificou.

— Mas existem milhares de bruxos malvados, e até filhos deles, que conhecem o colégio ou já estudaram aqui. Seria absurdo deixarem este livro aberto.

Quando Flora ia retrucar, o trio ouviu o som de passos se aproximando. Eles se esconderam atrás das estantes, com os olhos por cima dos livros, para poderem enxergar os invasores. Uma voz familiar, mas que não conseguiam identificar, disse:

— Talvez caiam na armadilha.

— Você está esperançosa demais, escravizada! Elas têm o Carlos. Aquele babaca é inteligente, com certeza vai suspeitar — falou uma segunda voz, em tom ameaçador.

— Pelo menos já espalhamos o boato. Veja pelo lado positivo, chefe... — começou a primeira voz, até ser interrompida pela segunda.

— Não deve haver uma parte positiva, o plano todo tem de ser positivo! O plano tem de ser perfeito, escutou?! — gritou, num tom ainda mais ameaçador.

— Claro, chefe — concordou, obediente e educadamente.

— Acho bom. Agora que tenho mais poder posso facilmente arrancar-lhe os miolos e dar de refeição para o meu cachorro.

— E, afinal, como vamos ajeitar a falha?

— Há tempos, desde a iniciação do planejamento, fiquei sabendo que essa estratégia seria falível. Porém, alguém não concordou comigo — revelou. E, então, fez uma voz fina, aparentando imitar sua interlocutora debochadamente: — "Não, chefe, vai dar certo. Veja pelo lado positivo, chefe. A gente ajeita na hora, chefe". Deu tudo certo, não é, Josefa? — disse sarcástica.

Josefa... Flora já ouvira esse nome antes. Não sabia quando nem onde, mas sabia que quem o dizia era uma pessoa de olhos verdes. Parou de escutar a conversa e resolveu forçar a memória para reconhecê-la, mas não conseguiu e se arrependeu. Poderia ter conseguido várias informações. Quando se preparou para escutar novamente, o papo já fora finalizado.

Em seguida, a outra garota se direcionou ao local em que encontraram o livro sobre a alcateia e fez algo com ele que o trio não conseguiu ver. Cabelos loiros e olhos violeta, porém, tornaram-se visíveis.

— Vamos avisar à Tins.

Os passos foram diminuindo e o som levava a crer que se direcionavam à saída. A porta bateu violentamente e a luz se apagou.

Quando teve certeza de que as intrusas haviam saído, Carlos iluminou sua varinha e apontou para o teto, transmitindo luz. Logo, a biblioteca já estava iluminada. O trio se sentou em cadeiras no meio da seção de Magia.

— Margarida e Josefa. Quem é Josefa? — iniciou Flora.

— Também não me lembro de nenhuma Josefa. Outra coisa que não entendi é por que a Margarida se referiu a si mesma na terceira pessoa — continuou Carlos.

— Talvez porque não seja a Margarida — disse Mariana, pondo a mão na boca e saindo correndo.

Em meio à correria, Mariana deixou seu diário cair no chão. Flora avistou-o e o pegou. Ia quase avisar à amiga, quando lhe bateu aquela baita curiosidade e acabou lendo seu conteúdo junto com Carlos.

CAPÍTULO 17

Querido diário, bom dia. Meu nome é Mariana Helimier e nem sempre vou usá-lo, mas realmente preciso desabafar.

Ontem, quando cheguei ao colégio, Margarida e a mulher do balcão de encomendas me puxaram para o banheiro. A loira me explicou tudo a respeito delas e me ameaçou de morte, dizendo: "Agora que sabe tudo sobre nós, babaca, vai ter que ficar calada. A senhorita vai servir como minha espiã. Seguirá os passos da duplinha exibidinha, e se desembuchar algo...", e passou a mão pelo pescoço.

Resolvi obedecer para não morrer. Foi quando conheci Carlos e Flora, e vi que eles eram realmente legais. E agora estou me achando uma pessoa horrível. Se eles descobrirem meu pacto com Josefa Esquelel e Margarida Pinheiro Tins, o que vão pensar?

Ou desembucho para meus amigos e morro, ou sobrevivo os espiando de maneira traiçoeira. Preciso que alguém me ajude!

Lágrimas apagavam suavemente a tinta da caneta. Boquiaberta, Flora percebeu que confiara em alguém que o tempo todo abafava uma situação perigosa.

— Eu falei que ela não seria uma boa amiga! — Carlos falou indignado.

— É diferente, Carlos. Mariana está sendo ameaçada de morte. Se Esquelel e Margarida descobrirem que ela soltou alguma palavrinha, tchau, tchau, Mariana.

— Ih, é verdade. Desculpe — ele arrependeu-se. — De qualquer jeito, precisamos acabar com esse tormento.

— Mas como?!

— É essa a pergunta...

E fez-se um silêncio inquebrável e angustiante. Flora resolveu virar a página, pois mais delas estavam escritas.

Hoje, pela noite, enquanto os alunos do internato dormiam, Margarida, Josefa Esquelel e Nicolas Izs me chamaram. Quando vi Izs, me espantei, pois ele era o irmão mais velho de Dom Marcos, e Marcos morrera em 1936, com uma boa idade! Ele, então, me explicou que tirou de sua cartola a poção da vida eterna, ainda não inventável no mundo fremde. Nem o mais genial dos bruxos consegue criá-la. O rapaz usou-a para espalhar sempre o mal sobre o mundo, principalmente sobre os alunos bruxos do Colégio Sucesso, pois estudara aqui até o primeiro ano do Ensino Médio, quando fora expulso ao ser pego proclamando feitiços da magia das trevas entre os colegas.

Izs me avisou que um boato sobre alcateia de lobisomens foi espalhado entre os alunos para que Carlos e Flora se interessassem pelo assunto e o pesquisassem na biblioteca. Enfeitiçaram um livro de contos de fadas fremde para que seu título se referisse à imaginária alcateia. Acontece que resolveram mudar o plano, pois seria muito óbvio para o sabido Carlos, e o título do livro passou a ser: Não abra este livro.

Depois de ouvir os avisos, corri ao dormitório para que não desconfiassem de nada. Izs me contou que, caso meus amigos estivessem na biblioteca, mudaria de fisionomia. De moreno com olhos castanhos, semelhante ao irmão, transfigurou-se em louro de olhos violeta, como os de Margarida. Acreditou que meus amigos tentariam enfrentá-la, mas teriam uma surpresa.

Realmente, você que está lendo o meu diário, faça alguma coisa!!!

Muito mais lágrimas molharam esta página do que a anterior.

— Por isso mencionaram Margarida! — concluiu Carlos, entendido.

Flora ignorou a fala do amigo e disse:

— Vamos jogar o jogo deles. Eles criam um plano, e nós também. Mas o nosso será muito mais genial, pois temos a sua cabeça! — Olhou para o amigo.

— Sim. Que tal começarmos encontrando o diário da Esquelel e de Izs? — sugeriu.

— Nem sabemos se eles têm diário.

— Claro que têm, veja aqui. — Apontou para uma mensagem no rodapé e a leu: — "O diário de Josefa e de Izs estão embaixo da minha cama. Ler para tentar impedir seus planos".

— Vamos lá pegar. Lemos no banheiro masculino — disse Carlos.

— Quê?! No banheiro masculino?! Jamais — negou Flora atônita.

— Existe um Esconderijo Secreto para Fugas no banheiro masculino, caso algum comum descubra nossa existência e se revolte. O diretor me confiou esse segredo, dizendo que sou seu aluno favorito.

— E daí?

— E daí que ninguém mais sabe desse esconderijo. Seria 100% privativo para lermos os diários — explicou Carlos.

— Ah, está bem — ela bufou e aceitou. — Mas precisamos de uma estratégia para entrarmos e sairmos seguros do quarto de Mariana sem ninguém desconfiar.

— Já sei! — exclamou Carlos.

Logo em seguida, sussurrou algo inaudível aos ouvidos de Flora. Ela balançou a cabeça positivamente após escutar.

CAPÍTULO 18

Após longas caminhadas, chegaram finalmente ao quarto de Mariana. Carlos estava em forma de unsichtbar, e Flora o guiava por fios de ventríloquo mágicos. A menina o conduziu cuidadosamente à cama de Mariana, e Carlos se abaixou e segurou os dois diários. Bruscamente, Flora o fez voltar com seus fios para o lado de fora.

Os amigos correram em silêncio ao banheiro masculino do terceiro andar, e Carlos abriu uma rolha camuflada pelos azulejos azuis do piso. Os dois puxaram-na e escorregaram por um tubo escuro e frio. Ao final, entraram numa sala também fria, iluminada apenas por uma luminária que centralizava Izs e Margarida.

— Boa tentativa, bobões — Izs debochou. — Me transfigurei em diretor para dar-lhe uma informação falsa. Eu inventei este lugar, no sétimo ano, para praticar minha magia das trevas em paz. Infelizmente, três anos depois, o dedo-duro do seu bisavô — olhou para Carlos — me delatou para o diretor, que me expulsou.

— Pois é. Agora chegou a hora de herdar as habilidades do meu bisavô. Dê olá às masmorras — disse Carlos.

— Boa jogada, garoto — falou Izs. — Mas, se vou dar olá às masmorras, vocês vão dar tchau à Mariana.

Diante da luz que centralizava Izs, Mariana apareceu com a boca e os membros amarrados numa cadeira.

— Se vamos dar tchau à Mariana, também vamos ler seus segredos — chantageou Flora, enquanto erguia a mão ao alto com um caderninho preto e amassado.

— Quê?! — O malvado estava incrédulo. — Onde vocês acharam?... — Ele interrompeu a própria fala para olhar feio para Mariana. — Eu acreditei em você, Helimier...

Antes de Nicolas terminar de falar, Carlos ergueu a varinha à Mariana e fez desaparecer os lenços que a prendiam. A menina se levantou e gritou angustiada e brava:

— Você não confiou em mim! — corrigiu. — Você me ameaçou de morte para atender aos seus pedidos!

— Dane-se, eu pensei que ia cumprir o trabalho direito! — retrucou Nicolas, também gritando. — Agora não tenho escolha a não ser acabar com as ameaças...

Sua cartola apareceu repentinamente em sua mão. Dela, tirou uma varinha grande e dura, de 54 centímetros. Em seguida, apontou-a ao ar e criou um redemoinho cinza-escuro.

Carlos se segurou fortemente num poste, e Flora agarrou sua mão. A garota estendeu a outra mão para Mariana, mas esta fora agarrada por Izs. Ele segurou a menina pelo cangote, retirou uma faca molhada de sangue e a apontou para Mariana.

— Você... descumpriu... o nosso... trato — disse com ódio. — Eu... prometi... matá-la.

Em meio ao forte vento, Flora e Carlos correram o mais rápido possível para impedir Izs de matar Mariana, mas fora tarde demais. Logo, Mariana estava deitada no chão com os olhos abertos, com a cabeça separada do corpo.

— Agora é a vez de vocês! — Izs olhou para a dupla, num tom ameaçador.

Carlos agarrou Mariana, transportando-se com ela e Flora ao quintal do colégio.

CAPÍTULO 19

A dupla secretamente pediu ao coveiro da escola que enterrasse o corpo de Mariana. Quando completou o serviço, o rapaz se foi, mas Flora e Carlos continuaram ali, ajoelhados, chorando na frente do túmulo. Nele havia escrito: "À que morreu com coragem. Lembranças de Mariana Helimier".

— Vamos guardar o diário, como uma lembrança — disse Flora, soluçando.

Quando finalmente saíram do cemitério, eram sete horas da manhã. Dali a meia hora o povo do dormitório iria acordar. Assim, saíram correndo, com o rosto inchado de tanto chorar e os olhos vermelhos, ainda jorrando água.

Entraram no dormitório, mas, infelizmente, depois daquele marcante acontecimento de Mariana, não conseguiram dormir. Então, resolveram conversar sobre o assunto no quarto de Carlos, muito sentidos.

No entanto, não conseguiam falar, pois a morte de Mariana havia provocado neles uma grande tortura psicológica. Flora tinha mais de mil e uma perguntas e lamentos em sua cabeça, mas de sua boca só saíam gemidos tristonhos.

O irmão da falecida Mariana, aquele verlorene artefakte, saíra da escola. A família reclamara que as escolas de hoje em dia estavam muito perigosas. Se a família Helimier soubesse o que realmente acontecera no falecimento da menina...

CAPÍTULO 20

No dia seguinte, Flora e Margarida não compareceram à aula comum. A garota estava no seu quarto lendo um livro que pegara na biblioteca, quando ouviu alguns murmúrios vindos da porta de Margarida. Ela, então, saiu de seu quarto e aproximou o ouvido da porta:

— ... poxa, é claro que queria assustá-los, mas não precisava matar um deles — disse uma voz, que aparentava ser de Margarida.

— Aquela garota roubou o meu diário e o de Josefa, para impedir nossos planos. Francamente... — falou uma voz masculina.

— Ela estava em pânico, sendo ameaçada. Eu faria qualquer coisa para fugir desse tipo de situação — justificou a voz de Margarida. Era Izs.

— Ela escreveu tudo sobre nós, Margarida. Se algum policial visse, eu voltaria para as masmorras.

— Precisava de algo ou alguém para desabafar. Preferia que ela contasse à Flora e ao Carlos? — argumentou.

— Então vai voltar ao lado deles? — O homem suspirou.

— Não queria ir, mas eu não pretendia matar ninguém, então acho que vou.

— Está bem. Pacto cancelado — disse e andou em direção à porta.

Flora se escondeu, ao perceber que ele sairia do quarto. Quando Izs se fora, Flora perguntou-se: *Mas que pacto?*

E espiou de leve pelo finzinho da porta. Margarida estava sentada na sua cama, aparentemente normal, escrevendo num bloquinho de notas com o título: Diário de Margaridas.

Flora, que conhecia Margarida desde o início do jardim de infância, sabia que a garota gostava do próprio nome por ser também o substantivo de uma bela flor, e fazia trocadilhos com isso.

A garota pensou em ir imediatamente conversar com Carlos, mas lembrou que ele era CDF e preferiu comparecer às aulas junto com os comuns.

Mentalmente, criou um plano básico ao ver a cena: capturar o diário de Margarida, lê-lo com Carlos para entender a situação e criar com ele uma estratégia. Na verdade, não era bem um plano. Era um plano feito para começarem outro plano. Era a base do outro.

Margarida resmungou algo inaudível e partiu, saindo do quarto sem reparar em Flora. Esta entrou, agarrou o caderno rosa-choque com letras nas cores do arco-íris e correu para fora.

CAPÍTULO 21

Após terminar a aula comum e as do Departamento de Magia, Carlos foi ao dormitório com Flora, que carregava o caderninho na mão. Quando passaram à frente da biblioteca, Flora empurrou-o para dentro, e este, indignado, exclamou:

— Está ficando maluca?!

— Cala a boca — retrucou Flora, mostrando o diário de Margarida. — Consegui o diário da Tins. Eu a ouvi discutindo sobre a morte de Mariana com Izs. Vamos dar uma olhada?

— Ok.

Eles folhearam o caderno. Na primeira folha, havia escrito:

Diário,

Meu nome é Margarida e tenho onze anos.
No dia em que entrei para o Colégio Sucesso, fui ao banheiro resmungar sobre Flora. Uma mulher estranha perguntou-me se conhecia Flora Bezzi, ao que respondi afirmativamente com a cabeça. Logo em seguida, implorou-me para fazer um pacto com ela, ao que aceitei, contanto que me tornasse uma bruxa avançada. E isso aconteceu.
A partir daí, passei a odiar Flora com todas as minhas forças, mas acho que estou contrariando

os meus pensamentos. Depois da morte de Mariana, me vi sentida. Foi quando desfiz o pacto com Izs.

Claro que continuarei sendo uma bruxa das trevas (o que era meu sonho), mas meu objetivo é torturar e perturbar as pessoas, e não as matar. Então, decidi ser uma bruxa das mais leves. E sempre odiarei Carlos e Flora.

Margarida Pinheiro Tins.

Isso fez Carlos hesitar. Ele hesitou tanto que meia hora depois fez um comentário:
— Vamos falar com Limom.
— E quem seria Limom?
— Um almende.
— O que é um almende?
— Um almende — Carlos suspirou — tem a fisionomia de um duende, mas as características não físicas são diferentes. Almendes são capazes de entrar em corpos e trocá-los quando bem entender, além de fazer séculos passarem em meio minuto. Porém, são bem ambiciosos. São bons conselheiros, mas, segundo Limom, cada conselho custa dez reais. E o pior: se você criticar esses conselhos, aí já era.
— Como assim "já era"?
— Os almendes têm o dom de segurar toda a magia do mundo em suas mãos. Imagina levar um golpe de mil e um feitiços? E, além do mais, em circunstância nenhuma, aceitam críticas. São seres 99% imortais, só morrem com a fusão de dez corações de vampiros, seus maiores inimigos,

dissolvendo em suas cabeças. Conseguir corações de vampiros já é bem difícil, porque são seres literalmente imortais. Então, se pegar o coração deles, não haverá falecimento, mas uma briga danada.

— Ah, tá! — Flora entendeu. — Mas por que temos de falar com Limom, um deles?

— Lembra-se de que disse que eram ótimos conselheiros e ouvintes?

— Ah, sem chance que irei pagar dez reais para essa C.M. — reclamou.

— Fique calma, ele não cobra de mim. Antes de se aposentar, Limom era terapeuta e eu o consultava por problemas com a minha transformação de comum para bruxo. Eu o fiz se tornar rico, e ele simpatiza muito comigo.

— Ok, então.

E assim, pela madrugada, lá foram Carlos e Flora a caminho do tal Limom, ex-terapeuta de Carlos. O almende morava na floresta Água, então Flora ficou com um pouco de medo, mas foi convencida por Carlos.

— Por que temos que resolver os problemas de uma bruxa das trevas com Limom? — ela indagou abruptamente enquanto andavam.

— Porque, quando um bruxo das trevas quer ser das trevas, mas não quer matar, uma balbúrdia toma conta de seu cérebro. Ele não se sente pertencente ao grupo, e isso causa doenças como Angriffe.

— Como é essa doença?

— Angriffe é uma das raras doenças fatais fremde. O bruxo começa a querer se tornar um viele tiere para trocar de vida, fingir que morreu, viver secretamente... E, no fim, conclui que é impossível viver assim. A maioria, então, tira a própria vida. Realmente não gosto de Margarida, mas não desejo esse destino a ninguém.

— Muito menos à Mariana — triste, Flora complementou.

Com o olhar, Carlos pediu que ela parasse de falar. Flora não sabia, mas, a partir do momento em que viraram amigos, ele criara uma secreta paixão por Mariana. Gostava menos que Flora de se lembrar da morte da menina.

— Vamos falar sobre outra coisa? — sugeriu.

— Ok.

Quando iam começar um novo assunto, já tinham chegado. Para Carlos, isso foi um alívio, pois temia que Flora desconfiasse de seu segredo.

— Boa noite, jovem Pinga. Em que posso ajudá-lo? — perguntou gentilmente o almende, olhando apenas para o garoto.

— Olá, Limom. Esta é minha melhor amiga, Flora Bezzi — apresentou.

Flora fez sinal de olá com a mão.

— Boa noite, moça Bezzi. Precisa de algo? — disse o almende.

— Viemos lhe mostrar o diário de uma menina com suspeita de Angriffe — falou Carlos, entregando o caderno a Limom.

O almende remexeu os cabelos ruivos de Carlos, bagunçando-os.

— Ora, jovem ruivo, quantas vezes lhe recomendei que não lesse as particularidades alheias?! Imagina se o diário fosse seu e estivesse escrita sua particularidade mais profunda. Gostaria que alguém o lesse?

— Só leia. — Carlos deu um suspiro tedioso.

E o pequeno almende folheou as páginas.

— Só há uma página escrita. Ela já deve ter esquecido esse caderno.

— Mas está com An... — começou Carlos.

— Não está com Angriffe! Agora cale a boca e pare de me perturbar! — gritou o almende abruptamente.

Carlos e Flora saíram rapidamente.

Estava quase amanhecendo, eram 5h45. No meio do caminho ao dormitório, Flora comentou:

— Poxa, Limom estava tão educado no início.

— Os almendes são assim, zens, mas não toleram ser contrariados. Já lhe disse isso.

— Mas com quem conversaremos sobre a suspeita de Angriffe de Margarida?! — indagou, desesperando-se.

— Acalme-se. Pegue o meu livro, Flora. — Carlos tirou da mochila um livro chamado *Todas as C.M. e o que você precisa saber sobre elas* e o entregou à garota. — Vá ditando de C.M. em C.M.

— Ok — aceitou Flora e pigarreou. — Unicórnio tipo um.

— Todos os tipos são mudos — advertiu Carlos.

— Vampiros.

— Muito egoístas e ferozes.

— Lobisomens.

— Muito coletivos, distraídos e sem tempo.

— Duendes.

— Territoriais e barraqueiros.

— Cava-cavas.

— Muito curiosos.

— Centauros.

Carlos hesitou murmurando:

— É, pode ser. Centauros são amigos e companheiros.

— Então está oficialmente decidido. Amanhã de madrugada conversamos com os centauros.

Carlos parou no meio do caminho. Estava pálido.

— Amanhã?!

— Meu Deus, Carlos. — Flora bufou. — Daqui a pouco Talos vai acordar, não crie intrigas.

Carlos ignorou a fala da amiga e continuou rumo ao dormitório. Quando lá chegaram, às 6 horas, Flora entregou o livro ao dono e pulou em sua macia cama. Sentia falta dela, de tantas noites que virara com Carlos.

A garota dormiu por uma hora e trinta minutos, quando Talos despertou a todos. Carlos dormira apenas meia hora; não conseguira cair no sono facilmente.

O diretor levou as crianças à sala do café da manhã. Enquanto comia uma maçã, Flora cochichou ao amigo:

— Francamente, Carlos, não aguento mais virar noites. Preciso urgentemente descansar.

— Ah, tá bom! Só mais esta, para conversarmos com o centauro.

— Ok — concordou. — Mas onde o centauro mora?

— Na floresta Esqueleto.

Flora solta um suspiro apavorado. Lembrava-se de algo sobre essa floresta, e não era uma boa lembrança.

CAPÍTULO 22

Após a aula comum, à qual Flora não compareceu, houve o quingentésimo Festival de Pégasos no mundo fremde. Desta vez, o local escolhido fora justamente a floresta reservada do Colégio Sucesso.

— Festival de Pégasos é uma comemoração centenária do mundo fremde. Os pégasos são C.M. que representam o otimismo, apesar de não serem otimistas. E amanhã ocorrerão as eleições para presidente fremde. Esse festival com certeza vai dar sorte! — respondeu Carlos, quando Flora perguntou-lhe o que era o Festival de Pégasos na aula do Departamento de Magia.

— Então, turma, o elenco é formado por três pégasos, e conseguimos dois. Sr. Pinga, você se voluntaria a se transformar num pégaso para o festival? — perguntou a professora gentilmente.

Francamente, de todos os professores que Carlos conhecera, essa era a única que gostava dele. A ex-professora do Departamento tinha preconceito contra ele. A professora comum, por sua vez, achava que ele contava vantagem por ser inteligente. O fato de ter um educador que gostava dele, então, deixou-o confortável, tão confortável a ponto de aceitar comparecer como pégaso, a C.M. de que menos gostava.

— Que ótimo! — exclamou a professora, orgulhosa de Carlos por nada. Quando reparou que Flora estendeu a mão com o dedo apontando ao teto, prosseguiu: — Fale, querida.

— Gostaria de montar em Carlos durante a comemoração.
— Perfeito! Será uma dupla e tanto.

A sineta da saída tocou quando ela estava prestes a começar a nova matéria, Estratégias Para Duelos Bruxos. Como sempre, os Zilions criaram uma balbúrdia para serem os primeiros a sair. Enquanto estavam amontoados à porta, a professora gritou:

— Não esqueçam que sexta-feira, daqui a três dias, terá prova de Tratos com C.M.!

Carlos anotou a informação dada pela Sra. Souza em seu bloco de notas.

Quando já estavam fora do colégio, caminhando com os outros do internato e com o diretor rumo ao dormitório, Flora indagou ao amigo:

— Então não vamos consultar o centauro?

— Não — respondeu Carlos rapidamente. — Precisamos comparecer ao quingentésimo Festival de Pégasos. Tenho que estudar sobre eles e para a prova de sexta-feira.

— Vai ter prova sexta-feira?

Carlos soltou mais um de seus suspiros impacientes.

— Claro que vai ter, Flora. De Tratos com C.M.

Flora demonstrou ter entendido e quis saber:

— E por que você tem de estudar sobre essa C.M.?

— Porque não sei absolutamente nada sobre esse bicho. Só sei que é um plágio voador de unicórnios — Carlos resmungou raivoso.

— Meu Deus, Carlos, você é tão estranho — afirmou, enquanto olhava para a frente. — Então por que aceitou essa oferta, cabeça-oca?

— Porque nunca nenhum professor gostou de mim — confessou, um pouco triste. — Gostaria de adiar e prevenir o fim da adoração.

— Entendi — ela falou, mas, na verdade, não tinha entendido nada. Francamente, achava seu amigo cada vez mais estranho.

Quando chegam ao dormitório, o diretor Daniel Talos agrupou as crianças na sala para informar algo:

— Boa noite, pessoal, tenho duas notícias: uma boa e uma ruim. Por qual delas vocês querem que eu comece?

A maioria das pessoas gritou "ruim", para se alegrarem com a próxima, mas Talos decidiu por si mesmo começar com a boa:

— A boa é que a Srta. Bezzi e o Sr. Pinga participarão do quingentésimo Festival de Pégasos. Aplausos.

Uma chuva de palmas bombardeou os ouvidos da dupla. Carlos se orgulhou, mas Flora nem se importou.

— A ruim — Talos prosseguiu — é que a equipe do colégio está sendo avisada, por vizinhos bruxos, de que alunos andam perambulando pelo terreno pela madrugada. Se continuarem e nós descobrirmos, eles serão expulsos.

Ao fim da fala de Talos, todos se entreolharam, procurando descobrir o culpado. Carlos e Flora, ao contrário, entreolharam-se nervosos.

— Boa noite para todos.

E, assim, os estudantes foram aos seus cômodos, com exceção de Flora, que pediu a permissão do diretor para dormir no quarto de Carlos.

— Leia em voz alta um pouco sobre os pégasos — Flora pediu, sentada na cama.

— Espere, antes temos de trocar nossas vestes.

Por sorte, no quarto de Carlos, havia dois banheiros, e cada um se trocou em um.

Depois da troca de roupas, o garoto apanhou o seu livro e leu em voz alta:

— "Em tempos remotos, os pégasos da região carioca eram escravizados pelos unicórnios, que espetavam seus corpos com os chifres pontudos. Naquela época, os pégasos cariocas não eram alados; eram como se fossem cavalos. Cerca de duas décadas depois, o bruxo biólogo e historiador Amadeu Rocha descobriu sobre a escravidão e, pelas madrugadas do século XVI, pois sabia que unicórnios são C.M. sonolentas, levou os pégasos cariocas à sua residência. Deu-lhes poções para criar asas macias em seus troncos, com as quais fugiram, voando para bem longe dos unicórnios. Estes ficaram intrigados e indignados, mas nunca souberam da verdade."

Depois de ouvir a leitura de Carlos, Flora bateu silenciosas palmas.

— "Características da C.M. carioca: grosseria e violência por extinto. Onde habitam: pelos ares e florestas. Tipos: dois, os cavalos e os pégasos. Habilidades: voar, soltar puns coloridos capazes de escrever no céu e poderes mentais." Eles têm a mesma habilidade dos unicórnios, só que não possuem chifre — ele comentou. E continuou a leitura: — "A escravidão dos pégasos foi considerada a maior catástrofe entre C.M.".

— Então, Carlos, depois desse texto, ainda sente tanta raiva dos pégasos? — questionou Flora.

— Não, estou sentindo raiva agora é dos unicórnios.

Flora riu.

Os dois logo adormeceram.

CAPÍTULO 23

Acordaram duas horas depois, prestes a ser iniciado o quingentésimo Festival de Pégasos.

Flora vestiu-se com uma espécie de fantasia de pégaso. A cabeça da C.M. estava remendada no capuz, tinha asas de algodão nas costas e penugem artificial branca. Carlos apenas se transformou em um pégaso carioca.

Talos guiou os alunos para um corredor escuro do Colégio Sucesso. No fim dele, havia uma porta com a maçaneta falante. Ao avistar os bruxos, esta pediu:

— Impressão digital.

Talos deitou a mão na porta, que deixou uma marca verde dos dedos.

— Correta — aprovou. — Senha?

— Sangue de dragão. — Talos soltou um suspiro impaciente.

Finalmente, a porta se abriu. Estavam à frente de um luxuoso palco e de arquibancadas lotadas. Vieram bruxos de todas as partes do mundo. Havia estadunidenses, ingleses, franceses, africanos, alemães, russos, entre outros. No palco estavam presentes dois pégasos: um cor-de-rosa, com uma boina que cobria a crina e pincéis na mão; outro azulado, com um chapéu de sargento na cabeça. Carlos era um pégaso branco que não tinha acessórios.

Daniel Talos cochichou para Flora e Carlos:

— Vão, vocês têm de se apresentar. Nós pegaremos pipoca para assistir.

Os dois confirmam com a cabeça. Flora montou em Carlos, que voou até o centro do palco; quando lá chegou, passou a flutuar como os outros competidores.

Três centauros ocupavam a mesa dos juízes. Depois de todos os espectadores se sentarem, o que estava no meio informou:

— Pode começar, pégaso Rick.

— Tenho a permissão de pintar retratos de espectadores?

A plateia gritou "SIM", com toda a força.

Fez-se um breve silêncio, enquanto o pégaso rosado pintava belos retratos de espectadores aleatórios. Todos os que foram pintados, e não eram poucos, aplaudiram fortemente. Um termômetro de palmas que havia atrás da mesa dos juízes informou a quantidade delas no nível amarelo, quase verde.

— Obrigada, pégaso Rick. Sua vez, pégaso Billy.

Billy pigarreou.

— Prefiro Sr. pégaso sargento Billy.

— Como quiser, Sr. pégaso sargento Billy.

— Sabem, na cultura dos pégasos há um esporte chamado manobrismo, bem parecido com as manobras de *skate*, mas diferente. Vou mostrar.

O azulado faz altas manobras no ar, e todos ficaram lívidos, atônitos e cheios de adrenalina. O termômetro de palmas indicou que a apresentação do sargento equivaleu ao início do nível verde, por pouquíssimos centímetros no amarelo. Ao verificar as graças de sua apresentação, soltou um sorriso amarelo a Rick, que ficou enraivecido.

Na vez de Carlos se apresentar, um vulto escuro invadiu o estádio. Quando ficou visível, pôde-se ver o tronco de um pégaso roxo com apenas a cabeça humana. Era a cabeça de Izs.

— Ora, quem vemos aqui?! Será que posso me apresentar antes? — debochou Nicolas.

Carlos deu um coice no ar e urrou. Flora estava séria.

— Nicolas, nos inscrevemos para este evento como candidatos legítimos para concorrermos ao prêmio "Bate-asas" à nossa escola. Não nos inscrevemos para cair em ludíbrios de babacas.

— Pois saiba, jovem Flora — disse, enquanto aparecia Josefa Esquelel e um bruxo das trevas desconhecido às suas costas —, que há uma boa quantidade de babacas na sua frente.

— Quem é você? — perguntou a menina com a voz ameaçadora, olhando severamente para o bruxo desconhecido.

— Eu? Você é asna, menina? Nunca leu nenhum livro de história confiável? — xingou, logo de primeira. — Eu sou o real causador da escravidão dos bruxos. Sou um viele tiere. Transformei-me em comum e contei-lhes calúnias horríveis sobre os bruxos. Enquanto a guerra acontecia, apenas salvei os bruxos das trevas em seguras cavernas escondidas no subterrâneo, que infelizmente tinham estalactites. Meu nome é Skinner.

— Particularmente — prosseguiu Josefa —, acho que é melhor pôr este pégaso no chão. — Repentinamente, ela apontou a varinha para Carlos, da qual saiu uma bala de espingarda.

O pégaso morto caiu ao chão junto com Flora, que nele estava montada. Carlos se transformou em si mesmo.

— Desculpa ter lhe assustado, mas vieles tieres têm esse dom; minha versão pégaso morreu. Vou continuar vivo, mas não sou mais capaz de me tornar pégaso — explicou Carlos, sem nenhuma pergunta.

Em seguida, os dois se abraçaram. Carlos cochichou algo ao ouvido de Flora e, numa fração de segundo, transformou--se num sauzo. Flora estava montada nele.

A garota ergueu a varinha na direção dos vilões, tentando usar neles o feitiço de cinzas[8] feito por Carlos em Esquelel.

Quando finalmente conseguiu transformar todos em cinzas e juntá-los no chão do estádio, cinco pessoas já haviam morrido. Ao juntar as cinzas, Carlos estava como si mesmo. A dupla depositou as cinzas que representavam Izs, Esquelel e Skinner em um pote de vidro e o trancafiou com três pequenas chaves.

Carlos fez aparecer uma vassoura em seus pés e um microfone em suas mãos. Logo, flutuou à frente de todos e discursou:

— Desculpe, pessoal, eu não era um pégaso e agora não posso nem mais ser um — começou. — Sou um viele tiere. Perdoem-me pelas mentiras, mas eu e Flora salvamos a vida

---

8 Há versão feitiço, mas a poção é mais forte.

da maioria de vocês — terminou, erguendo o pote com as cinzas para o alto.

Ele foi bombardeado por palmas surdas e desceu do ar, correndo junto à amiga.

— Estão todos bem? — perguntou Flora.

— Sim, minha heroína, todos do internato estão bem. Foram poucos os que morreram. Agora, Carlos, por favor, me entregue o pote — pediu o diretor.

Foi o que o menino fez, e o diretor desapareceu com as cinzas, guardando-as em seus bolsos enquanto dizia:

— Bom trabalho, garotos. — E bagunçou os cabelos de cada um.

CAPÍTULO 24

No dia seguinte, Carlos acordou bem cedo, às 5 horas. Ele era sempre o último do internato a acordar, e isso surpreendeu muito Flora, quando o amigo a sacudiu com força para despertá-la.

Ao abrir os olhos pela primeira vez, a garota soltou murmúrios sem sentido; ao contrário de Carlos, que tinha uma expressão ativa e animada estampada no rosto, acompanhada por urros de felicidade.

Quando conseguiu finalmente se expressar, Flora soltou sua primeira frase do dia:

— Está ficando louco?

Carlos fingiu que Flora não tinha dito nada.

— Nós ganhamos um medalhão! Eu ganhei meu primeiro medalhão nestes cinco anos de escola! Ganhamos por vencer aqueles babacas! Somos os melhores!

— Cala a boca — Flora se aborreceu e tornou a cochilar.

Carlos ficou sem graça, e voltou ao seu quarto com a face constrangida.

Quando Flora acordou pela segunda vez, eram 7h30 da matina. Talos acompanhou os garotos à sala de café da manhã. No caminho, Flora perguntou:

— Por que você me acordou tão cedo e começou a berrar e movimentar os braços que nem um louco?

Carlos suspirou confiante.

— Ok, agora eu consigo explicar melhor. Nós ganhamos um medalhão por sermos os primeiros bruxos do mundo inteiro a trancafiar Izs, Esquelel e Skinner.

— Ah, tá. Não era para tanto, é o meu terceiro medalhão.

Carlos soltou um murmúrio arrogante, mas no fundo gemia de inveja. Em todos os seus cinco anos de escola, jamais ganhara algum medalhão, nem por limpeza voluntária, e Flora acumulava três em seu primeiro ano no colégio.

A garota sentou-se ao lado de Carlos na mesa do café da manhã, e este lembrou:

— Hoje é sexta-feira, dia da prova de Tratos com C.M.

— Que droga, eu não estudei nada.

— Eu estudei. Se quiser, pode dar uma lida no meu livro sobre C.M.

Flora pegou o livro da mão do amigo e o folheou. Havia várias C.M. e fatos sobre elas de que não fazia ideia. Em vez de alimentar-se, folheou o livro, enquanto Carlos desfrutava de uma deliciosa pitaia.

Terminado o café, a dupla se sentou num banquinho próximo à biblioteca.

— Vamos conversar com o centauro? — sugeriu Flora.

— Ah, é. — Lembrou Carlos. — A sua sugestão me fez lembrar. Vamos sim.

Começou-se uma caminhada de duas horas à floresta Esqueleto, o lar do centauro.

— Quantas horas essa caminhada vai durar? — perguntou Flora suando.

— Duas — respondeu Carlos, estranhamente tranquilo.

— E a aula comum?! — Flora estava levemente preocupada.

— Você nunca comparece — comentou Carlos, com um tom suavemente grosseiro. — E hoje é dia de visita à vista chinesa. Apesar de eu querer ir, não é o essencial para o meu futuro de bruxo.

Meia hora de caminhada, um sol forte batendo violentamente na face de Flora e um silêncio inquebrável. A garota queria falar algo, mas não tinha ideia do que acrescentar. A quebra do silêncio aconteceu por um grito fino e repentino de Carlos. Seus olhos estavam vidrados numa residência preta com letras de ouro maciço.

Flora imaginou que seu amigo estava enlouquecendo, até ele lhe explicar sua admiração sem ser perguntado:

— O curso extra de substâncias essenciais fremde! — exclamou admirado.

— Substâncias essenciais o quê? — indagou Flora confusa.

— Você não conhece?! — assustou-se. — Substâncias essenciais fremde são cinco: rabo de porcunicórnio...

— O que é porcunicórnio? — interrompeu Flora.

— Porcunicórnio é uma C.M. com mistura de porco e unicórnio. Voltando ao que eu dizia: rabo de porcunicórnio, cravos ou espinhas de sauzo, par de íris de olhos azuis de unicórnio, carapuça de duende e sangue de bruxos mortos. Elas estão presentes em qualquer artefato bruxo, como vassoura ou varinha. Por isso o artefato escolhe o bruxo, pois as substâncias dele definem a sua personalidade. O porcunicórnio é uma C.M. muito mandona e barraqueira. Se algum artefato do bruxo tem rabo de porcunicórnio, são algumas das características da pessoa. Se tem espinhas e cravos de sauzo, ela é violenta. Tirar um par de íris de olhos de unicórnio é muito raro, só algum "santo" é capaz disso, porque os unicórnios são as criaturas mais doces existentes na terra. Se você obtiver algum objeto com carapuça de duende, é muito inteligente; se tirar sangue humano, significa que você é uma pessoa matadora. Aposto que Izs tirou sangue humano em todos os objetos... — Carlos riu no final.

— E como sei qual substância tirei? — questionou Flora interessada.

— Analisando pelo feitiço Olhos de Águia.

Com dificuldade, Flora atirou contra a própria varinha esse feitiço. Ela obteve um par de íris de olhos de unicórnio, então arregalou os seus.

— O que houve? — perguntou Carlos.

Flora mal conseguia falar. Apenas gaguejava:

— Eu... tirei... íris... de... unicórnio.

Para sua surpresa, Carlos não se importou. Estava mais interessado no curso das substâncias. Como Flora esperava outro comportamento do amigo, indignou-se:

— Mas, se você sabe tanto dessas substâncias, por que quer fazer o curso?

— Eu não sei nem a metade sobre isso. Só lhe contei o básico, tudo o que aprendi. Não ensinam isso no colégio, para evitar caçoadas.

— Qual a substância que você mais tira?

— Carapuça de duende.

Era de se esperar.

CAPÍTULO 25

Mais um longo silêncio. Carlos estava com os olhos vidrados no curso e, depois, sugeriu:

— E se nós... sabotarmos? Sabe, entrarmos com o nome de outra pessoa. Ninguém ia perceber.

Flora espantara-se com a sugestão de Carlos e sabia que essa atitude não era correta, mas estava tão interessada no curso quanto Carlos (talvez um pouco menos) e adorava ter uma vida aventureira. Escolheu a segunda opção, porém com cautela.

— Está bem, mas só por hoje. E apenas se a vítima da nossa sabotagem for um calouro ainda não matriculado no curso.

— Está bem, está bem. Mas vamos rápido antes que nos vejam! — exclamou.

Eles correram à porta principal da residência, na qual viram um cartaz com o nome dos calouros e crachás para que estes os usassem ao entrar. Carlos pegou o crachá de um menino chamado Caio Bandeira. Pela fotografia do garoto, pôde perceber que eles não se pareciam em nada: Caio tinha o cabelo branco de tão loiro, os olhos amarelos e o rosto magro e fino, e suas maçãs do rosto eram coradas.

Bruscamente, na velocidade mais rápida para que ninguém reparasse, Carlos colou uma foto sua em cima da de

Caio. Flora fez o mesmo com a fotografia de uma menina chamada Lola Christians, com a qual se parecia.

No crachá de Caio, lia-se:

> **CAIO BANDEIRA DA COSTA LIMA**
>
> 12 ANOS
> TELEFONE EMERGENCIAL: 54**-87**
> PARENTESCO: PAI
> ALERGIA: GATOS E LÃ
> PRECISA DE ALGUM CUIDADO ESPECIAL? NÃO

No de Lola, por sua vez:

> **LOLA CHRISTIANS TABETO POLIEDRO**
>
> 11 ANOS
> TELEFONE EMERGENCIAL: 78**-43**
> PARENTESCO: AVÓ
> ALERGIA: DUENDES
> PRECISA DE ALGUM CUIDADO ESPECIAL? NÃO

Carlos leu o crachá e concluiu:

— O menino que estou substituindo é deveras comum.

— Por quê? — indagou Flora, sem entender.

— Porque nenhum bruxo consegue ter alergia a seres do mundo comum, e vice-versa. Imagina uma amiga sua comum ter alergia a sauzos?

Flora pensou em Eduarda, que a ajudara com o bazar.

— Está bem, mas para onde vamos agora? Estamos perdidos nesta residência!

— Calma, Flora, não se desespere. Daqui a pouco encontramos algo... — Carlos olhou para uma sala com o nome de "Aulas dos Calouros" e urrou de felicidade: — Conseguimos logo de primeira!

Francamente, Flora desconfiava que aquela sala não era o que o nome dizia, e achou se tratar de um ludíbrio. Não queria arrumar arenga, porém adoraria saber o que era; por isso, participava da maioria das arengas.

Abriu uma pequena fresta e pôde ver o que achava ser uma enganação. Lá, um homem negro de cabelos e olhos pretos ensinava algo a crianças ajoelhadas e interessadas à sua frente.

Carlos bateu à porta e Flora enraiveceu-se. Antes que pudesse gritar, reclamar ou algo do gênero, o homem a abriu.

— Sejam bem-vindos! — Sorriu.

Agora que podiam enxergar melhor, Flora percebeu que todas as meninas usavam rabo de cavalo e todos os meninos tinham uma minigravata. Havia apenas uma menina despadronizada, reconhecível; de certo modo, até familiar.

O rapaz responsável pelas crianças chamou:

— Caio Bandeira e Lola Christians, sala quatorze, primeiro ano. Segundo andar, terceiro corredor à direita.

Atuando, Flora e Carlos obedeceram. Mais cinco crianças os acompanhavam pelo corredor, incluindo a menina reconhecível, mas eles se viam isolados do resto do grupo. Andavam mais vagarosamente e conversavam:

— Mas, Carlos... — Flora pigarreou e se corrigiu: — Caio, é permitida a entrada de comuns aqui?

— Tenho absoluta certeza de que ele... — também pigarreou e se corrigiu — ... que eu tenho alguma coisa relacionada à genética. Se for uma ilusão, posso ser comum e me transformar em bruxo. Mas isso, se não estou ludibriado, é só no quarto ano; estamos no primeiro. Porém, há comuns que cobiçam aprender a cultura fremde, e se passam por um de nós para aprendê-la. Esse menino... eu fingi mal. — Apontou para o seu crachá, na frase em que falava da alergia. Soltou risadinhas.

— Mas os educadores podem transfigurar e transformar seus alunos?

— Boa pergunta — elogiou Carlos. — Antigamente, nas escolas fremde, quando as notas de um aluno ficavam abaixo da média ou se ele desrespeitasse alguma disciplina, era transformado em sapo pelos professores. Mas isso foi antes de 1997, quando foi criada, por Sérgio Montage, a lei que proíbe essa atitude, com base na qual os educadores foram literalmente proibidos de transfigurar ou transformar algum aluno sem a permissão dos responsáveis e do próprio aluno; com exceção das aulas de Transformação.

Nenhum dos dois havia reparado que o responsável pela sala dos calouros os estava acompanhando. Ele sorriu para Carlos, que corou.

— Vejo que é muito sabido — elogiou o moço. — Gostaria de se avançar? Alunos como você merecem ir direto ao quarto ano, Caio — sugeriu.

Carlos corou mais ainda, pois pensou que não era consigo. Logo, lembrou-se de que atuava como Caio Bandeira, mas continuou sem resposta. Fez-se um silêncio, quebrado pelo moço:

— Desculpe, eu esqueci de me apresentar. Eu me chamo Pedro Mausarel, sou coordenador e assistente de aluno aqui. — Estendeu a mão.

Carlos a apertou levemente.

— Flo... — pigarreou. — Lola pode avançar comigo? — indagou Carlos, sentindo-se imponente.

Pedro verificou Flora e balança a cabeça positivamente, mas avisou:

— Por enquanto será permitida; se não acompanhar direito as aulas, voltará ao primeiro ano — sibilou rispidamente.

Flora comemorou mentalmente, mas sentiu-se um pouco desconfortável pelo fato de Pedro achar que Carlos merecia avançar-se mais que ela.

— Vou despachar os demais na sala do primeiro ano, e depois os guiarei — concluiu.

A trajetória ao quarto foi silenciosa. Carlos apenas sussurrava aos ouvidos de Flora, e vice-versa.

— Lembra-se da sala inicial, a primeira em que entramos? Havia uma menina parecida com Mariana — disse Flora.

Carlos espantou-se. Havia se abatido muito pelo falecimento da amiga, e não acreditava que ela teria ressuscitado.

Quando um bruxo morria, transformava-se em fantasma, sem exceção. Havia duas maneiras de ressuscitar: roubando o corpo de outros mortos ou bebendo a vida de modo figurado, opção que a maioria dos fremde evitava mencionar. Era como um escambo: o bruxo vivo dividia a alma com você, e você, quando renascesse, viraria escravizado daquele que lhe deu à luz pela segunda vez. Essa segunda alternativa era pior do que a primeira, pois o mundo acabaria se seu líder fosse maldoso.

Carlos estava consciente de que Nicolas Izs obrigava Mariana a ser cúmplice de seus planos.

CAPÍTULO 26

Na sala de aula nomeada como "Quarto ano", eles aprenderam como dissolver as substâncias essenciais.

— As moléculas dessas substâncias unidas trazem um só resultado; trabalham juntas. Quando separadas, não têm com quem trabalhar, então fazem o que lhes pedem. Podem se transformar em chamas, em auxiliares de feitiços, em qualquer coisa imaginável. Menos uma... Por mais modificações feitas pelos cientistas bruxos, nenhum deles conseguiu que as moléculas se transformassem em alma — explicou Sr. Emétrico, Ricardo Emétrico, o professor.

Carlos estendeu a mão, com o indicador apontando para o teto.

— O cientista que chegou mais perto foi Manuel Jony, que conseguiu que as moléculas da carapuça de duende dessem a vida a objetos inanimados.

— Muito bem, Sr. Bandeira — parabenizou o professor. — Ponto extra.

Carlos já estava acima da média sem ter feito nenhum teste ou prova, por conta de seus pontos extras. Segundo Sr. Emétrico, "por merecimento a respostas e complementações excelentes".

— E quem aqui sabe responder por que as moléculas Arbeiter, unidas, têm nome de par de íris de olhos de unicórnio?

Carlos novamente levantou a mão. O professor queria respostas de outras crianças, mas o garoto era o único que levantara a mão, então cedeu.

— A pura verdade é que esses nomes são apelidos. As moléculas da carapuça de duende, por exemplo, quando unidas, são capazes de transformar objetos e pessoas e definir a personalidade como inteligentes, mas têm como nome científico Weisheit. Receberam esse apelido por causa da inteligência dos duendes. Mesma coisa com as moléculas Arbeiter, que definem a personalidade dócil e bondosa, e que é apelidada de Íris de Unicórnio porque, popularmente, o unicórnio é visto como uma criatura boa.

— Ponto extra — disse o professor com desânimo.

Ricardo Emétrico deixara de gostar de Carlos. O menino era tão bom que ensinava no lugar do professor, e Ricardo achava isso uma audácia.

Uma sineta barulhenta tocou, insinuando que o intervalo havia começado. A maioria dos alunos correu para a porta, alguns comentando sobre como achavam Carlos chato. Logo, o sabido percebeu que a única pessoa que gostava dele ali era Flora. *Hipócritas*, pensava.

Carlos e Flora se sentaram em um banquinho pintado de marrom-escuro, no meio do pátio, onde crianças corriam avoadas ou comiam suas merendas.

— Você mentiu! Falou que não entendia das substâncias essenciais — acusou a garota.

— Quando ocupávamos a sala dos calouros, peguei um livro de Pedro emprestado. Ensinava sobre as substâncias; depois, eu o devolvi — justificou.

— Ok, ok — disse Flora apressada. — Agora vamos nos bandear daqui. Lembra que estamos sabotando outras crianças?

Carlos soltou um suspiro entendido e transformou-se num corvo cinzento. Ele e Flora correram, então, para a saída do curso.

CAPÍTULO 27

Flora e Carlos caminharam por mais duas horas até o castelo.

— Acha que Izs repartiu a alma com Mariana? — o garoto indagou, quebrando um silêncio de meia hora.

— Mariana não teria coragem. Naquele caso, ela havia sido ameaçada. É diferente de compartilhar a alma com pessoas assassinas e maldosas por escolha.

— Mariana tem medo de Izs, Flora.

— Mas Mariana é leal a nós, Carlos. Não nos trairia, confio nela.

— Depois de seu falecimento, fiscalizei os objetos dela para ver se encontrava alguma impressão digital de Izs, para mandá-lo às masmorras. Não deixei de notar que as moléculas dela não têm um nome figurado; elas a definem como ambiciosa e medrosa.

— Carlos, são meninas parecidas — disse com rispidez, cansada daquela discussão.

Carlos bufou. Depois de mais um longo silêncio, Flora esqueceu a antiga conversa e indagou:

— Que livros está lendo?

— *Todas as C.M. e o que você precisa saber sobre elas*, *A origem dos feitiços e poções*, *Grandes bruxos do século*, *Os casos ordinários abafados fremde*...

— Dite um caso ordinário abafado! — pediu Flora, que havia se interessado por esse livro.

Carlos pigarreou e repetiu o texto que sabia de cor:

— "Na época do início da monarquia fremde, Dom Marcos fora ameaçado de morte pelo próprio irmão, Nicolas Izs. A única bruxa presente na ocasião era Lila Nuise, amiga de Marcos. Em vez de fazer o que todos esperavam, salvá-lo, Lila juntou-se a Izs e foi cúmplice do homicídio. Por seu nome ser muito malvisto, ela mudou-o para Josefa Esquelel, e a grande maioria acredita que Lila tenha morrido. Pouquíssimos bruxos sabem da troca de nome."

— Uau! — impressionou-se.

— Continuando: *Signos relacionam-se com a origem fremde?* e, por último, *Mila, uma vampira.*

— Gosto de ler *Conhecendo a Magia* — comentou Flora.

— *Conhecendo a Magia*? Mas isso é para iniciantes!

— Eu descobri o mundo fremde este ano, Carlos.

Os dois se direcionaram ao dormitório, mais uma vez, em silêncio. O diretor estava lívido à procura deles e, quando os viu, exclamou:

— Srta. Bezzi e Sr. Pinga, aonde foram?! Faltaram nas aulas comum e mágica e saíram sem avisar. Estou surpreso que tenham irrompido aqui despreocupados.

— Fomos à biblioteca — Flora justificou mentindo; estava nervosa.

— Foram à biblioteca?! — berrou Talos.

Flora desejou não ter dito o que disse.

— Faltaram a todas as aulas e deixaram de comer para frequentar a biblioteca por todo esse tempo?! Carlos, perdeu um ponto extra. Flora, perdeu uma oportunidade de ter ganhado um ponto extra.

O diretor saiu para guiar as demais crianças do internato ao dormitório, e pediu que aguardassem lá.

— Ótima desculpa — debochou Carlos.

— Foi a única coisa que me veio à cabeça! — explicou Flora. — Melhor isso do que deixá-lo sem resposta.

Quando Carlos ia retrucar, uma voz rouca gritou:

— Balcão de encomendas, Flora Bezzi e Carlos Pinga! Encaminharemos por magia.

Uma carta com o lacre azul-vivo irrompeu no colo de Carlos. Ele rasgou o lacre e as palavras começam a andar:

Prezados Carlos Pinga e Flora Bezzi,

Nós, funcionários do Curso de Substâncias Essenciais Fremde (C.S.E.F.), recebemos Lola e Caio em nossa residência. O coletivo da administração do C.S.E.F. descobriu o que fizeram, portanto terão de fazer um serviço de limpeza obrigatória nos primeiro e segundo andares. Houve outro aluno a sabotar, então, antes de limpar, aguardem uma coleguinha com o cabelo loiro-escuro e olhos verdes.

Atenciosamente,
O coletivo do C.S.E.F.

Carlos tinha uma lista de coisas odiadas por si: quinto lugar — desenhar; quarto lugar — mexerem em seu cabelo; terceiro lugar — pegarem algo seu sem permissão; segundo lugar — não saber responder a alguma questão; primeiro lugar — limpar. Assim, mudou a expressão facial para amarrada e comentou desanimado:

— A Mariana renascida vai com a gente.

— Quer visitar o túmulo dela?! — Flora se enraiveceu.

— E receber mais uma punição?! Não acha que estamos penalizados o suficiente?! Talos ainda avisou que serão expulsos aqueles que saírem do dormitório à noite.

Flora foi ao seu cômodo, aborrecida com Carlos. Ele continuou na sala de estar e abriu suas notas. Havia tirado dez na prova de sexta-feira, Tratos com C.M. Então, abriu um bloco de notas e escreveu com tinta de sangue de dragão:

Nicolas Izs dividiu a alma com Mariana Helimier.
Flora Bezzi não acredita. Preciso tomar alguma providência.

Ele guardou o bloco em um bolso das calças e então, como se nada houvesse acontecido, abriu calmamente seu livro *Mila, uma vampira* e o leu.

CAPÍTULO 28

Flora definitivamente não conseguiu dormir naquela noite, pois pensamentos rondavam sua cabeça: *Será que Carlos tem razão a respeito de Mariana? Ou ele mentiu para mim?* Às 2h30, quando seus olhos já estavam lacrimejados e vermelhos de sono, levantou-se da cama. Foi ao cômodo de Carlos e pensou por muito tempo se ia acordá-lo ou não; quando se decidiu, abriu um berreiro aos ouvidos do menino, que, apavorado, despertou.

— Está enlouquecendo? — ele gritou, levantando-se de um salto. — A esta hora gritando para despertar a todos?! — Carlos estava indignado.

— Você que está gritando agora — disse a menina cochichando. — Que acha de visitarmos o túmulo de Mariana? Ideia melhor! Vamos nos bandear por esta noite para lá.

— Antes desconfiava, mas agora tenho certeza de que você não está bem hoje — debochou. — Imagina o mau cheiro que iremos inspirar? Nunca.

— Antes você cobiçava o curso, não? Agora eu cobiço dormir perto do defunto de Mariana. Eu dou, eu recebo — disse Flora.

— Você dá, você recebe daqui a cinco meses — debochou Carlos.

— Para um bruxo tão inteligente, deve ser uma atividade prazerosa passar uma noite num cemitério. Bom, tem vezes que o bruxo é *expert* na inteligência, mas na coragem... — desafiou Flora.

— Porém, bruxos inteligentes sabem que os germes e células mortas do defunto contaminam — retorquiu Carlos.

— E certamente ele não deseja adoecer, nem sua amiga.

Flora, já sem resposta, falou insatisfeita:

— Ah, Carlos, cansei. Nunca mais favoreço você. — E rumou apressadamente à porta do quarto.

Carlos, com um pouco de remorso, chamou-a antes que tocasse na maçaneta:

— Está bem, está bem. Amanhã acampamos no cemitério.

— Também podíamos ir amanhã ao curso de Substâncias! — trovejou Flora.

Carlos, um tanto chateado com a amiga, cedeu. Eles agarraram tecidos de seda para que servissem de cabana e saíram sorrateiramente do dormitório. Caminharam por um gramado verde-escuro pela ilusão da luz, e a lua nunca ficara tão brilhante e cheia, e o céu, tão escuro e vazio. Flora lembrou que os lobisomens Lua Cheia se transformavam em dia de lua cheia, então se animou um pouco. Não muito porque, apesar de ter tido a ideia, estava um tanto horripilada.

Quando chegaram ao túmulo, Carlos cavou à procura do defunto. Não achou o corpo, mas uma versão Mariana-fantasma. Ao vê-los, o fantasma arrepiou os cabelos de ar e cobriu o rosto com as mãos. O garoto, já acostumado com fantasmas por conta de seu avô, perguntou:

— O que houve?

Ele viu lágrimas fantasmagóricas jorrarem do rosto dela.

— Eu não creio... — disse, inclinando o rosto direcionando a Carlos. Agora sua emoção não era a mesma. — Finalmente! Que suntuoso! Carlos, você veio me salvar! Olhe, escute... — Quando ia começar a dizer, o fantasma sentiu uma dor no quadril, aparentemente já conhecida por ela. — Só... leia o livro escondido no dormitório, embaixo...

Algo invisível para ele puxou-a ao fundo do túmulo. O menino, agora com os cabelos ruivos arrepiados e os olhos castanhos arregalados, correu à Flora e avisou-a aflito:

— Flora, vi a alma de Mariana! Seu corpo foi roubado! Precisamos ir ao dormitório e...

Flora estava confusa, sem entender. O ruivo se acalmou com um longo e alto suspiro, e então prosseguiu:

— Vi a alma de Mariana no túmulo, o que significa que seu corpo foi roubado. Ela me alertou algo sobre um livro no dormitório, vamos para lá.

Flora movimentou a cabeça em sinal de entendimento.

CAPÍTULO 29

Ao chegar ao dormitório, diferentemente do que havia prometido — procurar o tal livro —, Flora não se deu ao trabalho e se deitou. Carlos, ao ver a amiga dormindo, resmungou aborrecido:

— Hipócrita! Promete uma coisa e faz outra.

Ele, então, resolveu procurar o livro sozinho. Verificou embaixo da sua cama, mas nada encontrou. Olhou embaixo de todas as camas, mas nada.

Embora fosse deveras inteligente, sentira-se asno naquele momento. *Como é que um livro altamente secreto, tanto que algo calou Mariana quando ela ia falar, estaria embaixo de camas? Qualquer um poderia achar.*

Depois de uma hora lançando feitiços "Perdido Achado", indicados para objetos sumidos, resolveu ir dormir insatisfeito. Durante seu sono, pela janela uma sombra de chapéu sussurrou a outra:

— O corpo dela está comigo, seu idiota! Quero retomar o trato...

— Ok. Na próxima madrugada comunico à Josefa, mas... não acha que está à procura do "Renascente"?

— Hum... Claro, o garoto é sabido, mas não tanto, não acha?

A sombra sem chapéu, com um tom um tanto preocupado, ordenou:

— Vamos embora.

Ouviu-se um sorvo e o silêncio passou a reinar novamente.

Na matina seguinte, durante o café da manhã, Flora perguntou a Carlos:

— Encontrou o livro desconhecido? — A garota deixou caírem migalhas na face de Carlos, pois comia um suntuoso ovo.

— Não, infelizmente. Procurei embaixo de tudo, até joguei alguns feitiços, mas nada achei — respondeu tristonho.

— Sabe, sonhei com algumas vozes hoje — comentou. — Elas conversavam algo sobre trato, e também mencionavam algum livro.

Carlos estava confuso, mas tão confuso que sua expressão parecia até artificial. Depois de alguns minutos de silêncio, ele enfeitiçou:

— Spitze!

Um pedaço de papel amarelado flutuou e pousou triunfantemente nas mãos dele. Flora apoiou a cabeça no ombro do amigo para ler:

No local escolhido, vai encontrar algo perdido de se admirar. Para achar, porém, trate de estudar.

A zica do cão rebolado foi achar que perdido é achado. Perdido é perdido, e só se torna achado quando o cão rebolado soletra certamente a palavra abobado.

O cão rebolado também errou feio, quando achou que podia apelar para o meio. Inteiro é para ser inteiro, e meio não é o certeiro.

Amor é amor e paixão é paixão, se juntar os dois vai dar confusão.

Embaixo de camas não estará; e sim num lugar difícil de achar.

— Mas é claro! — exclamou Flora animada. — Pense bem, escute esta parte: "Soletra certamente a palavra abobado". Ou seja, é preciso ditar o feitiço corretamente para abrir o tal livro.

— Só entendeu essa parte? — Carlos suspirou insatisfeito.

— Sim! — disse Flora, com animação hipócrita.

O garoto enfiou o papel amarelado no bolso direito da calça e sugeriu.

— Vamos tratar desse assunto de madrugada. Por enquanto, agiremos como se nada tivesse ocorrido.

— Ok — concordou Flora.

CAPÍTULO 30

Pela madrugada, Carlos chacoalhou o ombro direito da amiga, que se levantou de um pulo. Recuperado do susto, ele informou:

— É uma hora da madrugada, todos estão no décimo oitavo sono. Precisamos do feitiço correto, eu sei...

— Qual é a feitiçaria correta?

Carlos enraiveceu-se, mas não queria acordar a todos e chatear sua amiga com um grito desnecessário. Suspirou bem alto, e continuou benevolente:

— Não tenho ideia. Continuando, eu sei que não é o feitiço Perdido Achado, pois usei-o por todo o dormitório. Necessitamos de outra dica... — Apontou sua varinha ao teto, com uma pose altiva. — Spitze!

Uma voz sem boca falou pomposamente:

— O senhor já pediu uma dica antes. A próxima virá daqui a dez horas.

Sua altivez foi por água abaixo e ele exclamou enraivecido:

— Droga!

O rosto de Carlos estava escarlate de fúria. Depois de minutos silenciosos, o menino viu-se excitado e disse alegremente:

— É só irmos à biblioteca e pesquisarmos um livro de feitiçaria no capítulo certo!

Flora aparentava mais clareza do que Carlos.

— Mas me responda, quantas vezes o diretor Talos ameaçou de expulsão aqueles que saem do dormitório à noite? Francamente!
Carlos deu de ombros, um tanto sem graça.
— Minha mãe me mandou um presente pelo correio, por recompensa do medalhão que ganhamos após o Festival de Pégasos. Ganhei um livro chamado *Feitiçarias não aprendidas na escola*, escrito por Miranda Azevedo. Estava folheando as páginas e descobri como fazer desaparecer e reaparecer um objeto em sua mão. Olhe! — Carlos recuperou sua altivez e ergueu sua varinha na diagonal, inclinada para sua mão. — Verschwiden erscheinen!
Um livro antigo e pesado flutuou direto às mãos do ruivo, que caiu no chão tamanho seu peso. *Feitiços para ocasiões certas*, escrito por Leila Jonhson, era marrom-escuro, com a aparência um tanto quanto "selvagem". A lombada fora arrancada, e as beiradas superiores, rasgadas horrivelmente. Tinha uma ilustração azul, em forma de sombra de algo abstrato. O título fora destacado com ouro artificial, um pouco descascado, principalmente a letra "F". As páginas e a capa remotamente foram amarradas com uma fita bege, já esfiapada, prestes a arrebentar.
Flora considerou o baque de Carlos no chão como um estrondo e preocupou-se com o fato de alguém acordar, mas enraiveceu-se sigilosamente com o amigo. *Por que escolhera um livro tão pesado e antigo?*, perguntava-se.
Carlos levantou-se de um salto, como se nada tivesse ocorrido. Deixou um sorriso hipócrita dominar o rosto, reduzindo a atenção do rosto rúbeo. Segurou o livro com

esforço, de certa forma, fingindo ser leve. Os olhos castanhos faiscavam de nervosismo.

— Este é o velho *Feitiços para ocasiões certas*, de Leila Jonhson. É como adivinhação. Há nele um quiz falado...

— Falado?! — Flora boquiabriu-se.

— Claro. Nunca ouviu falar de rostos literários? Ah, é, desculpa. Havia me esquecido de que você não conhecia a magia ainda alguns dias atrás. Os livros fremde são criados com sangues de C.M. e moléculas de substâncias essenciais diferentes. Existem cinco tipos:

"1º — O normal (ou, nas gírias fremde, Livro Comum). São compostos de moléculas Stur, as mais corpulentas do mundo, e, por serem assim, acabam não modificando nada no livro;

"2º — Os Livros Dragões, cujo método de leitura é o mesmo que o das cartas fremde;

"3º — Os Livros Representativos, que, de certa forma, 'desenham' as palavras tentando transmitir o significado delas para o leitor;

"4º — Os Livros Retratados em Movimento, que conseguem fazer a personagem da ilustração falar e se movimentar;

"5º — Os próprios Rostos Literários, que têm um rosto de papel grudado à folha, contando-lhe a história oralmente; na maioria das vezes, após a leitura, preparam um quiz para descobrir se o leitor prestou atenção.

"Em tempos remotos, as pessoas não entendiam a diferença entre os cinco tipos, mas Dom Marcos, que também fora cientista antes de morrer, descobriu o porquê."

Flora entendeu tudo corretamente; estava acostumada às explicações demoradas e complicadas do amigo.

— Carlos, é uma hora e vinte da madrugada. Se um livro sair tagarelando, vai acordar não só os participantes do internato, mas também a vizinhança toda!

— Em todos os Livros Rostos Literários há um botão aleatório na quarta capa que altera seu volume. Fique tranquila.

Flora, insatisfeita, acabou aceitando. Dúvidas intermináveis invadiram sua cuca, fazendo-a mudar repentinamente de emoção:

— Este livro é de qual categoria literária?

— É científico, estuda a ciência fremde sobre os feitiços. Explica o porquê dos feitiços, como são pronunciados corretamente, e lhe "entrega" o feitiço perfeito para qualquer ocasião. Segundo minha preferência, os rostos literários são mais educativos do que os outros, pois literalmente conversam com os leitores.

Flora encabulou-se.

Carlos abriu o livro, e um formato de rosto camuflado pela página deu "olá". A garota achou aquele rosto obtuso.

— O senhor poderia nos mostrar um feitiço para achar algo perdido? — perguntou Carlos solenemente, como se fosse comum conversar com um rosto incrustado em um livro.

— Me perdoe — o rosto se entristeceu —, mas o livro a que pertenço é remoto. Já foram inventados mais de mil feitiços desde a época que lancei. Eu lhe recomendo o "ABC Feitiço".

— Obrigado — agradeceu o menino, também desanimado. Como havia dito antes, gostava de rostos literários.

Agora sem altivez, o garoto ergueu a varinha ao teto e novamente berrou, com um clarão:

— Verschwinden erscheinen!

Um livro com aparência nova irrompeu. O título *ABC Feitiço* estava escrito em caligrafia apresentável e cursiva, e a ilustração da capa era uma fórmula borbulhante, também pintada de branco. O fundo era azul, e linhas grossas, também brancas, marcavam a horizontal de sua beirada inferior e a vertical, próximo à lombada.

Os garotos puderam ler "ABC Feitiço, de Laura Madabels. Seja também um cientista!". Sua cor do fundo, igualmente à capa, era azul-escuro. A caligrafia da lombada fora digitalizada, mas era branca. A quarta capa fazia parte do padrão: fundo azul, de caligrafia branca e cursiva; a lombada fora a única exceção. A sinopse informava: "Aqui você encontrará todos os feitiços do mundo, seja para melhorar sua vassoura, para manipular alguém etc. Faça boa leitura!". O livro tinha cento e vinte e seis páginas, duas mil a menos do que o *Feitiços para ocasiões certas*, e todas eram coalhadas de palavras digitalizadas brancas, com poucas ilustrações. Exatamente 13 capítulos... leve.

— Não fazem mais livros como antigamente — lamentou-se Carlos.

— Está bem! — Flora revirou os olhos. — Qual feitiço aquele rosto estúpido recomendou?

— O nome dele é Mário — corrigiu Carlos. — E ele não é estúpido, só um pouco excêntrico. Ele não recomendou feitiço nenhum, para sua informação.

Um silêncio irrompeu a madrugada. Flora estava um tanto brava com Carlos, enquanto este folheava o livro bonito e novo.

— Aqui está! — excitado, o garoto exclamou, quebrando o silêncio. — "Feitiço para achar objetos perdidos." Há três tipos. O primeiro é o "Perdido Achado", Verloren gefunden, que serve apenas para objetos raros, fazendo-os irromper sigilosamente no seu bolso. Segundo tipo: "Lua de Cristal", Kristallmond. Serve apenas para objetos que funcionam na calada da noite. Terceiro e último tipo: "Livro Feiticeiro", Wizard Book, para livros.

— Vamos usar o terceiro tipo...

— Obviamente... — completou Carlos, com desdém.

Flora, ignorando a altivez e rispidez do amigo, indagou:

— Onde acha que o livro se encontra?

— Não tenho ideia.

Assim, usaram o feitiço Livro Feiticeiro por toda parte. Já estavam prestes a desistir, quando Flora lançou-o debaixo do tapete vermelho da sala.

CAPÍTULO 31

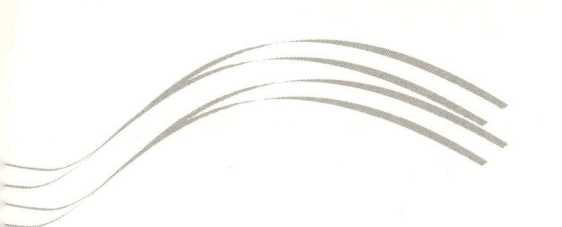

Parte do chão que havia debaixo do tapete desceu um andar, com um livro apoiado. A cor de fundo dele era preta, e mais nada. Não havia nada escrito, nenhuma ilustração, pelo menos na capa.

Carlos o abriu antes que Flora pudesse impedi-lo, e não podia crer no que encontrara: não havia páginas, apenas um coração bruxo batendo.

Antes que Flora pudesse dizer "Eca!", uma sineta barulhenta, apenas audível pelos dois, tocou. Em uma fração de segundo, dois ogros horrendos irromperam, agarrando-os sem piedade pelas pernas, de cabeça para baixo.

Depois de uma longa caminhada, particularmente torturante para Flora, lá estavam eles, novamente, na sala onde Flora quase morrera, no confronto contra Josefa Esquelel. Em vez dela, quem a ocupava era Nicolas Izs, com a face demoníaca.

— Devolvam-me o coração! Vou ressuscitar essa idiota por bem ou por mal! — berrou, enquanto a alma deprimida de Mariana saía vagarosamente de um baú.

Carlos pensou: *Se ressuscitar Mariana, ela terá novamente uma vida torturante e dominada por Izs. Se apenas jorrar sangue do coração na alma, ela será liberta e poderá viver em Death City, a cidade das almas bem-aventuradas.*

Como gostava de Mariana em segredo, olhou para ela e leu sua mente. Aprendera isso em *Feitiçarias não aprendidas na escola*. Ela desejava ser liberta, queria se afastar de Izs o máximo possível e ser uma alma feliz.

— Vou lhe entregar o coração.

Flora ficou triste. Perderia mais um amigo por conta das trevas, assim como Margarida? Fez força para não chorar.

Quando estava para entregar o coração a Izs, que aparentava estranha ansiedade...

CAPÍTULO 32

...arrancou uma faca do bolso traseiro e cortou o coração, que no interior estava banhado em sangue. Transformou-se em uma coruja e jorrou sangue em Mariana, que soltou um viva e voou acima do teto.

Izs matou a coruja, mas não sabia de nada sobre os vieles tieres. Carlos fingiu estar morto, e Flora fingiu estar chorando. Ela agarrou a coruja e saiu correndo para o dormitório, seguida de Izs, que bateu a cabeça na porta e desmaiou. Ele estava demasiado fraco por conta das últimas perdas.

No dormitório, Carlos transformou-se novamente em humano e lamentou:

— Mais uma forma animal perdida.

Flora, porém, estava curiosa sobre algo e duvidou:

— Por que era necessário jogar sangue em Mariana para libertá-la?

O garoto recuperou sua altivez, cruzou as pernas e fez uma pose. Então explicou:

— Para sair do túmulo e viver em Death City, a alma precisa ter alguma marca boa de quando era viva. Mariana vivia momentos bons com a gente, mas não esquecia os maus-tratos que sofria nas mãos de Izs. Isso a torturava, então sua felicidade foi armazenada no coração; por isso, precisava de seu sangue, e não aguentaria carregar um coração no corpo leve como vento. Izs, com sua cartola, conseguiu inventar tudo; aparentemente, um dos ingredientes de alguma nova poção em que esteja trabalhando seja o coração de uma pessoa viva.

— Entendi — disse Flora, satisfeita.

Já eram quatro horas da madrugada, e ela e Carlos dormiram por ali mesmo, na sala.

FONTE: Glosa Text

#Talentos da Literatura Brasileira
nas redes sociais

novo século®
www.gruponovoseculo.com.br